王若葉·著

如何

report
thesis

寫好報告

撰寫的基本功

✓**小論文**

✓**研究報告**

✓**學位論文**

如何寫好報告
CONTENTS
目錄

〈作者序〉
寫報告不是靠文筆，而是思辨的建構與呈現　　　　007

1
為何要會寫研究報告？　　　　　　　　　　　**011**

　1.1　什麼是研究報告？　　　　　　　013

　1.2　研究報告的延伸　　　　　　　　016

2
下筆前的注意事項　　　　　　　　　　　　　**025**

　2.1　六個組成要素　　　　　　　　　027

　2.2　6W1H 的思考術　　　　　　　　030

　2.3　出於自己的筆下　　　　　　　　034

　2.4　安排工作進度　　　　　　　　　037

3
如何尋找好的題目？　　　　　　　　　　　　**041**

　3.1　選題的適切性　　　　　　　　　043

　3.2　構思的三線索　　　　　　　　　050

　3.3　縮放自如的命題法　　　　　　　057

　3.4　量身打造的標題　　　　　　　　062

4

鍥而不舍的資料蒐集　067

4.1　要從哪入手？　069

4.2　至少去一趟圖書館　083

4.3　評估資料的「可信度」位階　087

4.4　隨搜隨讀，摘錄重點　090

4.5　如何作筆記？　093

5

打造根基的提綱研擬　103

5.1　什麼是提綱？　105

5.2　從筆記到綱要　112

5.3　問題的拆解與重組　117

5.4　設計全文的論題　123

5.5　突出自己的論點　125

6

從無到有的初稿寫作　129

6.1　遵循一定的格式　131

6.2　嚴謹的文體與文風　134

6.3　引人入勝的前言　141

6.4　環環相扣的段落與正文　145

6.5　鉤玄提要的結論　156

7

追本溯源的引用、註釋　　161

7.1	巨人肩膀上的高度與風險	163
7.2	形影不離的引用和註釋	165
7.3	引用的三種形式：撮要、意譯、引述	172
7.4	引用 ≠ 抄襲	176
7.5	腳註、隨文註與文末註	183
7.6	參考文獻與參考書目	192

8

有始有終的修潤、校對　　201

8.1	確定標題、前言與結論	203
8.2	檢查內文邏輯	207
8.3	章節次序與圖表編號	215
8.4	核對出處與格式校訂	219
8.5	署名、系級與學號	226

9

自我能力加強篇　　229

9.1	好的範本與模仿	231
9.2	從讀者角度出發	234
9.3	力求完美的自我批判法	237
9.4	與人切磋、討論	240

9.5　仔細檢討每一份報告　　242

9.6　多作不同的嘗試　　244

10

老師不能說的祕密篇　247

10.1　一招斃命的抄襲問題　　249

10.2　兩分鐘定讞的架構判別法　　251

10.3　三秒定高下的參考文獻　　253

10.4　作者見解的說服力　　255

10.5　整體論述能力的總評　　257

10.6　書寫格式是否專業　　259

11

克服寫作障礙的加油篇　261

11.1　你一定可以做得到　　263

11.2　照表操課的安心感　　266

11.3　一個步驟一個步驟前進　　269

11.4　拋機棄友地埋頭苦幹　　271

11.5　不恥下問的小路捷徑　　273

參考書目　　277

〈作者序〉

寫報告不是靠文筆，而是思辨的建構與呈現

　　不知是什麼樣的機緣，能讓你在茫茫書海中注意到這本《如何寫好報告》的書？是迫在眉梢的繳交報告壓力？還是長久以來無師可法的寫作困擾？抑或是對於何謂報告書寫感到好奇的一時衝動？又或者基於其他不及備載的原因呢？無論如何，當你拿起這本《如何寫好報告》的書，在還沒翻開之前，你會有怎麼樣的期待呢？

　　對我而言，一本好的工具書，不應局限於理論式的概括介紹，還要能教你如何操作演練，模擬可能遭遇的問題，最後還能取法乎上，引導你邁向精益求精的道路。在這個知識爆炸的年代，需要探索、學習的事物愈來愈多，我們沒有那麼多時間在錯誤中跌倒、試驗，醍醐灌頂、直入精髓的工具書，便能幫我們一臂之力，免去自行摸索的黑暗期。

　　學術寫作結合思想統整、邏輯分析與書寫能力，大腦必須採行高階運轉，將思考轉化成文字敘述，是極需要專注力與嫻熟的操控技術。許多人以為寫報告跟寫作文一樣，多讀多寫自然就能

如何寫好報告

得心應手。其實卻不然，除了文字書寫的技巧之外，研究報告更講求問題的發現、凝鍊、分析與意義的發掘，文筆反而不是最重要的元素。因此傳統寫作教學是否能幫助研究的入門者，如高中生、大學生或碩士生進行專業寫作，著實令人存疑。

在我讀大學的時候，有關研究報告寫作的書籍尚少，即便出版，也多是嚴謹刻板的方法論，或是針對碩博士論文的專業格式，很難引起初學者的閱讀興趣，更遑論臨場應用的現實共鳴。因此，在大學時我嘗試過許多寫報告的方式，將撰寫報告視為一種能力的養成與鍛鍊。雖然不甚明白當中的其然及其所以然，但透過論文觀摩和學習模仿，仔細檢討每份發還的作業，倒也探索出一套生存法則，發現報告寫作的小小樂趣。

只是書寫意識啟發雖早，到我確實完成一份表裡如一、上得了檯面的論文，還是花費不少的時間。大約到寫完碩士論文之後，我才真正對問題凝聚到研究發現的過程，有了清晰且完整的概念。研究寫作這件事，猶如顏淵所言：「仰之彌高，鑽之彌堅；瞻之在前，忽焉在後」，充滿著荊棘與智慧，是場永無止盡的競賽。只有自己到達下一個階段，才能恍悟先前的盲點與毛病。不同階段會遭遇不同的問題；不同的研究主題也需要不同的操作技法，需要不斷培養更多的解決能力。即便現在已經寫完博士論文，但如何將研究報告、專業著述寫得更貼切、更理想，仍是讓

我念茲在茲的終生志業。

　　我的研究寫作經驗，不一定比人優異或突出，但因為是自己從無到有的摸索、檢討、練習與歸納，肯定能比一般論理式的書籍更能了解學生的需求。對我而言，想要寫出好的報告，有方法但沒有捷徑，一定要腳踏實地穩紮穩打，拋開不切實際的好高騖遠，一次設定一個目標、一個突破現階段自己的挑戰，持續漸進地積累經驗。在學生階段的學期報告，每一份都等同是你的分身，是老師認識你的憑藉，也象徵你個人的學習成果，疏忽不得。離開校園之後，能夠順利寫述研究報告的人，代表擁有著一種專業素養的能力，將是職場競爭、生涯成長的隱形利器。

　　倘若你有下列幾種疑問或需求：

一、以為會寫作文就會寫報告？

二、不懂什麼是研究報告？又該如何下筆？

三、不滿於小題小作的感想發揮，想要提升寫作能力，精實
　　文章內涵；

四、需要撰寫研究報告、學術論文、專題簡報等正式文書；

五、無法有效掌握現象，對於複雜的資訊無法整合梳理，抓
　　出脈絡；

六、不解同樣看資料，為何有人能快速把握要點，提煉精

華？

七、不想停留於被動的訊息接受者，想嘗試去發現與創造知識；

八、期望能讓自己的文字、思考表現得更得體、更周全？

九、好發議論，卻不知該如何言之成理？

十、想寫篇符合格式規範的專業文章，不知該從何著手？

　　這本書能提供上述所有問題的解答，協助你從零走向專業，完成一篇豐富完善的專題報告！建議你在閱讀此書之前，不妨先靜下心思索自己不足或想精進的部分，列出自己慣常或可能的作法，並隨著本書章節的敘述推進，相互比對、檢討。經過這一番自我的淬鍊提升，下次你的報告肯定將會突飛猛進、一鳴驚人。希望大家都能有個美好的研究寫作之旅！

1

為何要會寫研究報告？

1.1 什麼是研究報告？

1.2 研究報告的延伸

讀書可以培養一個完人，

談話可以訓練一個敏捷的人，

而寫作則可造就一個準確的人。

——培根

　　對於許多大學新鮮人或書寫報告的新手而言，研究報告所指為何？跟中學時寫的作文、小論文或心得感想等文類，究竟有什麼不同？為何需要生門別立，稱之為研究報告呢？到底會不會寫研究報告，又有什麼差別？等等類似的問題，可能都曾浮現在許多人的腦海，卻百思不得其解。本書將為大家娓娓道來，為何我們需要學會撰寫研究報告，並藉由有跡可尋的步驟操作，揭開研究報告的真面目。

1.1 什麼是研究報告？

　　研究報告是學術寫作的基礎，也是結合知識、思考、創造與文字表述的一個建構過程。在這個過程裡，你不再只是一個以自我為中心的創作者或分享者，而是必須從問題出發，蒐集各式各樣的資訊，進行分析、理解，再透過章節設計與文字陳述，將思考推論的經過，以及研究發現的心得，如實且符合學術規範地書寫下來。

　　從這裡你可以清楚發現，寫報告遠比以前寫任何文章來得繁瑣與費力，因為它不再只是個人的一家之言，而是必須在特定的題目下進行研究與申論。同時它也需藉由廣泛地蒐集資料與文獻閱讀，消化吸收後再用自己的筆，將你所思所得的知識、思考記錄下來，形成一篇組織緊密、論述清晰的研究報告。

　　學術寫作所涵蓋的範圍，包括書評、論題分析、研究回顧、研究與討論、學期報告和博碩士的學位論文等類型。不同的名稱，也意味其書寫方式與文章型態不一而同，存在些許的差異。不過，幸好這些學術論著，並非各自為政、互不關連，當中仍有

一以貫之的核心之道，那就是「研究報告」。

研究報告可大可小，小題的程度可以像一篇小論文，大題的規模則宛如學位論文，大約是一本書的份量。

大部分人都是到大學階段才實際面臨到報告寫作，特別是一些人文社會科學範疇的課程，期末大多會要求繳交一份學期報告。這份學期報告，通常指的就是研究報告：以一個題目為中心展開的論理式寫作。

由於過去臺灣的大學教育並不重視學術寫作，許多學生都是到研究所階段，才真正接觸和摸索研究報告的操作方法。究實而言，到研究所時期才開始學習撰寫研究報告，起步有點晚，也浪費了許多在大學時就可以練習的機會。

近年來，鑑於西方寫作教學行之有年，成效非凡，臺灣幾所指標型大學也紛紛設立寫作教學中心，積極推廣學術寫作的方法與技巧。雖然如此，由於臺灣對學術寫作的重視起步較晚，目前進展尚且有限，大體仍以研究生為主要的授課對象，更廣眾的大學生依然只能土法煉鋼，自力救濟。

然而，學術寫作並非無法可循，只要知道進行的步驟程序，了解當中的關鍵竅門，如法炮製，必也能無師自通，寫出一篇精彩可期的研究報告。

本書的出發點便是藉由對寫作過程的拆解，讓有需要的人能

更清楚明瞭每道流程、細節究竟該怎樣操作到位，如何才能貼近精華的要點，所有該完成與不該犯的注意事項，也都詳細羅列。希望本書能作為讀者鑽研習作的參考書，也是功力倍增的寫作祕笈，提供學習、模仿以及解答困惑的自修寶典。

如何寫好報告

1.2　研究報告的延伸

　　也許有些同學會問，為何要特地花時間學習撰寫研究報告？未來可能根本不打算走研究路線，何必為了幾堂「可能」需要繳交的課程，特地去學這門寫作工夫？

　　有這種想法的人，大抵還不了解研究報告的本質，以為只有學術工作才需要用到研究報告。其實，研究報告與其說是為了學術研究而存在，倒不如說是為了整合既有知識、培養深度觀察、分析現象的一種法則。它未必基於研究需求才出現，而是其本身的寫作型態，有助於解析複雜的資訊與知識結構，讓人得以在此基礎之上進一步創造新的事物。

　　簡單來說，研究是人類與生俱來探索萬物的本能，為了應付多采多姿、形形色色的世界，我們需要這種整理、分析與意義再發現的生活技能。大學教育之所以導入研究報告的評量，除檢驗學生課程吸收的成效之外，亦試圖培養其獨立思考的潛能，以備應付未來職場工作和終生學習之所需。這麼說來，研究報告不僅是一種書寫的格式，由於講究對問題、現象的深度探索，更具備

了廣泛運用的存在價值。

　　學會撰寫研究報告，不只為了應付學校課程的需求，或是擁有自主學習的研究能力而已，從現實面來看，它將是未來職場生涯的生財工具。

　　坊間有許多行業都需要蒐集資料、分析整理與解釋發現的技巧，諸如媒體記者、市場調查、法務部門、財務管理、企畫行銷等工作，都必須融入研究報告的骨幹精髓，重整出成體系的新聞報導、結案報告或提案、簡報資料。職場新鮮人都可能曾面臨主管交代查找文獻、整理資料，或彙整報告的情況，很多人直覺反應是冒出「我哪會？」「主管找我麻煩！」之類的念頭。但話說回來，主管真的在刁難你嗎？

　　只要你曾在大學好好寫過報告，不管該工作或職務領域你熟悉了沒，基本上都不該出現「我不會」三個字，因為這些都是撰寫報告最根本的工夫。

　　現在高等教育常被批評「學、用分離」，大學教育與現實脫勾，四年所學無法應用於職場。姑且不提這個想法的是非對錯，其實大學教育中蘊涵著許多基礎性的學習素材，只是很多人不以為意，擦身錯過學習的機會，撰寫報告就是一個典型的例子。很多在學習階段的學生，認為寫報告只是一種形式化要求，所以虛應了事，從未正視其意義，進而錯失了學習的黃金期。直到他們

出社會後才知道有這樣一枝筆、一種能力是多麼地重要。

　　研究報告的學習，在於蒐集、分析、凝練與知識再造的能力鍛鍊，與各行各業都有一定程度的關連，一些共通的元素更是殊途同歸，能廣泛運用到各個層面。不管未來從事哪方面的工作，肯定都需要「文字表述」、「重點綱要」、「成果分析」、「發掘涵義」等項目的操作技能。即便只是位有機農業的生產者，為推廣販賣，如何設計文宣廣告、偵察同業資訊、突出自我特色等等，無一不是寫報告時該具備的「撇步」。

　　可惜很不幸地，到目前為止這些報告寫作的通則，並未受到臺灣社會應有的重視，學校更不曾好好認真地教導學生如何來書寫一份好的報告，肇使很多人直到研究所階段或出社會後才又從頭學起，枉費機會與時間。

⊃ 研究報告的寫作前身

　　說明研究報告的應用延展性之前，我們先來討論它的寫作基礎是什麼？

　　小學至今大家最熟悉的寫作是作文，但非常遺憾，它絕大部分與研究報告的本質差距頗大，唯一較相近的只有論說文，亦即現在中小學倡導的「小論文寫作」。

　　所謂「小論文」，取其論文的縮小版之意，強調論理分析與

意見陳述的綜合性寫作。但由於它仍局限在短時間、有限資料的速寫，很難跟作文完全切割，所以格式並不像論文般刻板、艱澀，各種感想文、說明文、記述文或體驗文等領域也能適用。簡單來說，小論文就是介於作文與論文之間的寫作格式，需要有作文的快捷巧思與流暢文筆，卻也需兼具論文的批判分析與客觀精神。然而，若從比重而言，小論文的議論成分重於一般作文，也就是說文字不需過度雕琢，如何清晰表達思緒更為重要。

　　小論文的基本結構，乃「題目」、「前言」、「正文」與「結論」。在構思上，除了題目外，順序可以稍微變動，有時為引人注意或強調結論，便將結果提前展現；有時為吊人胃口，便將與主題對立、衝突的論點移到最前面。

　　不論這些寫作策略，小論文的精神在於論理，文章講求簡潔明瞭，構思固然重要，但如何言之成理、說服讀者更是上乘之法。因此相較於前言、結論，正文議論的部分便是決定文章良莠的關鍵。

　　從作文起、承、轉、合的概念來看，正文即是承與轉的部分，闡述個人意見之外，也要站在對立面思考不同的見解，並分析二者的長短處。因此，若你一開始不想寫那麼嚴肅的研究報告，不妨先從小論文寫作練習起，激盪一下腦力，從問題出發，思考當中的可能變化與解決之道，再透過文字書寫呈現你的思路邏輯與

判斷依據。

⊃ 從研究報告可以延伸到哪些項目呢？

1. 提案企畫

當你想在職場競爭中晉升高位，提案企畫的能力必不可少。但你知道怎樣提出好的企畫案嗎？不是閉門造車等待那奇蹟般的靈光一閃，而是要廣泛蒐集相關資料，在知己知彼的情況下，穩紮穩打擊出勝利的一球。這時你需要知道如何尋找、整理資料、分析優劣，提出一套能凸顯自我特色的論軸，並預期最終可能的成果，俾以吸引老闆與顧客的認同。

2. 廣告文宣

不要以為報告只是寫給老師看，本書會告訴你，當你的讀者不同，寫作方式也要有所變化。好的報告要從題目、大綱的主架構就能吸引對方注意。當你知道讀者是誰，也調查好他們的口味與需求，想要寫份好的文宣廣告引人注目並不困難。

3. 專案簡報

假使今天你負責的案子需要上台報告，得將手上盤根錯節的程序簡單化，歸納出要點，並有效率、有頭尾地濃縮出精華。

這個時候你需要具備整理資料之裁剪素材、甄別輕重的工夫，設想出好的切入點，再將相關的枝節依序帶入。好的報告是能縮能放，可以繁複也可以簡化。

會寫報告的人對於簡報更容易上手，因為道理都一脈相通，差別的只是道具、表演方式的不同。簡報更要求口語表達與精確簡扼的文字，若你已能寫出完整的報告，那麼簡報只是去蕪存菁，擷取最核心的部分而已。

4. 摘要題解

作摘要的工夫，是我們從小到大耳熟能詳、毫不陌生的功課，也是各行各業都需要的彙整能力。摘要，不是簡單摘錄別人講的話進行剪貼拼湊即可，而是吸收之後，在別人的脈絡下，不失準確地用自己的邏輯、語言重新複述。要能正確理解他人文章，不失原汁原味又能有條不紊地摘錄重點，也是撰寫報告的基本功之一。

寫報告時一定要不斷重組、統整既有訊息，並進行分類、摘要、引述與改寫，長期習慣這些作法的人，對於新事物的辨識與認知能力也會提升。有朝一日當需要撰寫會議資料或摘要題解時，便能快速掌握竅門，重現要旨。

5. 文本分析

出社會後可能會遇到競標委務的時候，如何冷靜分析各家廠商送來的資料，不為華麗表象所動而直搗黃龍？這種對文獻比較、批判的工夫，其實也涵蓋在報告寫作的能力範疇。好的報告一定是旁徵博引，對各個文本進行調查、解析，從批判的角度檢視其中的優缺點。

從撰寫報告的經驗可以培養嫻熟地掌握文獻、理智客觀地判別良劣，以及磨練優異的鑑賞眼光，對於往後工作分辨好壞的能力，將有莫大的幫助。

6. 專題報告

假設你今天事業有成，被邀請到某個地方進行專題演講，或是要寫一份專題報告的文章，你該怎麼辦呢？若你在大學時曾經認真寫過任何一份報告，這場專題報告根本無足為懼。專題報告的根本原則與研究報告大同小異，會寫研究報告就會寫專題報告；若要演講也只是多了一道上台報告的手續，只要能掌握核心精神，道理都是一樣的。

7. 論理評議

拜網路便利之賜，部落格、臉書乃至新聞媒體都開放留言版

提供觀覽者寫下意見。然而，大家是否常覺得力不從心，明明想講得更清楚、更有道理，卻意猶未盡，深感詞到用時方恨寡的遺憾？

要寫一篇精闢入理的評議文，很仰賴撰寫報告的工夫，從廣泛閱讀到資料批評都有一套固定模式，先做好基本功課，才能寫出更具意義的評論，不再停留於個人情緒的宣洩或心得感想。除了見解之外，文章該如何佈局，文辭該如何修飾書寫，都與強調論理風格的研究報告息息相關。

8. 學位論文、學術論著

研究報告是學術論文的寫作基礎，像是碩博士生的學位論文或是期刊論文、學術著作等，都需要靠它來打底、穩固基盤。好的研究報告如同於一篇學術期刊的專業論文，形式、寫法、流程與格式都差異不大。

若是學術專著或學位論文，則是研究報告的擴充與延長，雖然需要更專精的技巧，但基本功仍是相通的。有志於學術研究的同學，一定要盡早學會寫好研究報告，以免到研究所階段既要用力於新研究，還得分心摸索論文寫作的技巧。

報告寫作看似平凡無奇，卻是大學教育中最能整合與培養

獨立思考、自主學習的能力，結合對知識現象的好奇、探索，透過有系統的分析思考，以及語言文字的表述呈現，建構自我的認知、判斷的智慧基礎。這是探索世界的另一扇窗，也是鍛鍊自我識見、學問涵養的搖籃。

研究報告乍看只是份學期作業，其實蘊藏著許多學習精進、職涯應用的基本能力，有些看似刻板的教條法則，卻是放諸四海皆準的共通之道。如何將這些技術熟練地操作，內化為自身能力的一部分，可能是大學階段最隱諱不顯卻貼近實務的活用技巧，其重要性不亞於其他有形的專業訓練，理應受到更多的重視。唯有正視報告寫作的重要性，透析方法論的原理與操作技巧，才能有效發揮並駕馭此項技能，這也是當前迫不容緩的學習要務。

2

下筆前的注意事項

2.1　六個組成要素

2.2　6W1H的思考術

2.3　出於自己的筆下

2.4　安排工作進度

要想寫出具有說服力的文章，

光是學習寫作技巧是不夠的。

想要改善自己的表達能力與寫作實力，

不僅要學習寫作技巧，還必須改變腦中的思維。

——尼采

明瞭研究報告的本質與應用範圍後，在實際下筆前，還有一些需要提醒大家的注意事項。這些是你著手進行前應先具備的基本常識，像是報告主要的構成元素、如何進行有意義的思考，以及撰寫過程中最重要的精神——所有內容都要出自你的筆下，身為作者的你必須自負文責，承擔一切的是與非。最後還要提醒大家事先規劃工作進度表，一個步驟接著一個步驟有效率地完成。

2.1　六個組成要素

　　研究報告的組成，有六個基本要素：標題、綱要、前言、正文、結論、參考文獻，缺一不可。請仔細觀察這六個組成要素，與傳統作文有什麼不同呢？

　　研究報告中的標題、前言、正文、結論，約莫等同於傳統作文的基本格式，融入起、承、轉、合的寫作技巧，大致構成一篇內容完整的文章。但研究報告除了沿襲作文的基本格式外，還要加上綱要、參考書目兩道程序，突出論辯說理的內涵特色，也讓整個文風為之一變。

　　就性質而言，作文與研究報告固然有些組成元素重疊，撰述方式卻猶如天壤之隔，難以直接承繼套用。

　　過去寫作文時只需圍繞一個主題，結合思想與撰述能力，便能完成一篇有頭有尾的作品。然而，研究報告相較之下更講求組織嚴密，結構完整，篇幅也相形較長，得倚靠章節名稱來凸顯正文的層次感。又因重視論理分析，得更強調構思的設計，文字描述必須結合清晰的條理和絲絲入扣的精彩論證，才能成為一份出

色的研究報告。

從形式來看,研究報告的六大元素:標題、綱要、前言、正文、結論、參考文獻,彼此之間關連緊密,而中學作文所缺乏的綱要和參考文獻,則是研究報告的精髓所在,也是初學者首先該具備的基本能力。

一般來說,高中、專科學生和大學新鮮人由於不了解研究報告與作文的形式與實質差異,很容易將研究報告視為作文的延長版,增加文字數量的篇幅,思考格局未跟著放大,冗言贅字、重複迴繞的敘述充斥其中,讓人看得眼花撩亂,不知所云。若能先意識到研究報告與作文本質上的差異,便不會將二者混淆,也不會誤認報告只是作文的延長版,而是應該比作文更艱深一層的進階版。

研究報告需要作文當中基本的書寫與創意能力,同時也需要進階的擬題構思、蒐集分析、研讀辨別與批判性思考的綜合型才能,唯有二者相輔相成,才能窮索問題之道。

換句話說,相對於作文的寫作能力,研究報告更看重整體的架構與細部的論證,問題的鋪陳與證據的推論都需緊密扣合,層遞展開,無論是外在架構的順序或內在的理路邏輯都遠較作文來得縝密。

因此,為了有效掌握並扣緊通篇的論述題旨,撰寫之初必定得先擬好大綱,構思全文的處理方式,強化標題與章節之間的聯

繫。其次，為了讓研究報告的論述基礎更為紮實與合理，資料的
蒐集、閱讀與整理便顯得極為重要，疏忽不得。

```
┌─────────────────────────────────┐
│            研究報告              │
│   ┌─────────────────────────┐   │
│   │          題目           │   │
│   └─────────────────────────┘   │
│   ┌─────────────────────────┐   │
│   │          大綱           │   │
│   └─────────────────────────┘   │
│   ┌─────────────────────────┐   │
│   │        ┌ 問題意識      │   │
│   │   前言 ┤              │   │
│   │        └ 內容簡介      │   │
│   └─────────────────────────┘   │
│   ┌─────────────────────────┐   │
│   │        ┌ 問題          │   │
│   │        ├ 主張          │   │
│   │   正文 ┤              │   │
│   │        ├ 支撐          │   │
│   │        └ 推論          │   │
│   └─────────────────────────┘   │
│   ┌─────────────────────────┐   │
│   │        ┌ 回顧          │   │
│   │   結論 ┤              │   │
│   │        └ 展望          │   │
│   └─────────────────────────┘   │
│   ┌─────────────────────────┐   │
│   │      註釋、參考文獻     │   │
│   └─────────────────────────┘   │
└─────────────────────────────────┘
```

研究報告的六個組成要素

2.2 6W1H 的思考術

提出問題，是撰寫研究報告的第一步。但是要如何提出問題呢？特別是當老師不指定題目或方向時，同學可以透過哪些工具來協助自己思考，凝聚問題意識呢？

你知道什麼是 5W1H 的思考術嗎？

5W 分別指 What（什麼）、Where（何地）、When（何時）、Who（誰）、Why（為何）；1H 則是 How（如何）。這個思考模式大家應該不陌生，過去學習歷史，老師總是不厭其煩叮嚀要注意 5W：What（什麼）、Where（何地）、When（何時）、Who（誰）、Why（為何）。5W 含括時、地、人、事、原因，亦即事件的發生骨架，再加上 How，結果如何的影響性，大致構成事件發生所有該注意的要項。5W1H 的思考術由於關注層面廣泛，不會遺漏關鍵要點，適用於報告寫作。由於它的方法簡單扼要，也經常被各行各業拿來應用，作為檢查思緒周全與否的簡易工具。

6W1H 則是 5W1H 的進階版，多加上 Which（哪個），點出

以問題取向為中心的論述特色。傳統的 What（什麼）雖然包含主題為何，但學術報告與專業簡報都更針對單一的現象或課題，遂添上 Which（哪個）來強調。當我們對報告題目還丈二金剛摸不著頭緒時，可以藉用 6W1H 來強迫思考，擴大問題的打擊區，協助找到自己有興趣的課題。

最簡單的方式，就是畫一張表格，將這七點分別羅列，並在下方填寫從這個視角可以提問的課題，整理歸納後，抓出問題的主脈絡，判斷哪些值得進一步探索、哪些可以結合併入討論。透過這些議題的詢問，你會比較清楚知道自己有興趣的方向、可以切入討論的主軸，以及還需補充哪方面的資料，從而指引展開下一步的研究工作。換言之，6W1H 的思考術，能協助你在最短的時間內讓思考聚焦，喚起你的問題意識，確定自己最想詢問的研究議題。

比方這學期我們修了「魏晉南北朝的詩歌文學」課程，期末時要交一份研究報告。由於這學期老師教授的詩人群中，你最喜歡陶淵明的詩文，便決定以他作為期末報告的討論對象。那麼接下來，6W1H 可以怎樣幫助你發散思考，打造較具體的問題意識呢？

6W1H 思考術，以「陶淵明詩文」為例

What	討論的主題設定是什麼？ 文學、人物、歷史、交遊、仕隱、飲酒或其他課題？魏晉文學有哪些類別、特色？
Where	陶淵明居住的地點？ 他生命中的遷徙與移動？ 南朝的地理位置與陶淵明的關係？
When	陶淵明的生卒年？ 陶淵明詩文的時代特徵？ 南朝齊梁的政治與社會變化？
Who	陶淵明的家庭背景、家人？ 陶淵明的交遊網絡？ 與陶淵明同時代的文學家有哪些人？
Why	為何選擇陶淵明？ 他的特色與時代意義？ 後世對陶淵明形象的建構、形塑與接受？
Which	與陶淵明相關的人、事、物有哪些？ 陶淵明的詩文有哪些類別？ 要選擇山水、田園、仕宦、歸隱哪個類型切入？
How	陶淵明在魏晉文學與中國文學史上的代表性？ 陶淵明的自我定位與歷史定位？

　　首先你需要從 6W1H 視角強迫思考其相關課題，不論是否周全或合適，總之先將自己能想到的問題記錄下來。比方我在這七個思考範疇下，列出如上表所呈現的提問。這當中的項目有些

可以結合併論，有些則是岔題的另起爐灶，我們需要通盤檢視，將相關的、自己有興趣的放在一起，先讓問題聚焦，思索它們之間的關連性，以及如何有意義地串結起來。尤其需辨別哪些問題可聚合成一組，並拆分成骨幹與枝節，讓問題不局限於單個現象，而能形成有體系的討論。問題的骨幹將會是你的報告主題，也是討論的切入點；延伸出去的枝節，則可精簡成章節，串起文章內在的邏輯條理。

因此像這篇陶淵明的期末報告，題目可訂為「陶淵明的歷史形象」，子題則可分別從東晉南朝文學的時代特色、詩文所流露的自我認識、後世對其形象的接受等方向切入，更周到地囊括6W1H 思考下的最大值。至於其他設想的議題，也並非就此擱置浪費，因為它的特殊性已經被你發覺，肯定能在閱讀相關資料的過程中，深化你的問題意識，成為報告更厚實的背景基礎。

報告寫作相對更強調分析原因、為何選擇此問題的 Why，以及追問後續意義的 How，能有效回答這兩道問題者，將可提升這篇報告的深度內涵。在擬題階段的大範圍思索時，可將6W1H 視為問題導向的發散點，但在凝聚主題的階段，則應該多琢磨於 Why 跟 How，以便收縮匯聚想法，強化思考的緊密度。

2.3　出於自己的筆下

　　撰寫報告還有非常重要、一定要視為座右銘的七字箴言：「出於自己的筆下」。

　　抄襲問題說起來困難，做起來卻十分簡單。在資訊流通快速的現代，由於網路搜尋、存取簡單又便捷，常有人不辨真偽、合宜與否，便在報告中直接剪貼、複製、拼湊來自他人筆下的資料，不僅侵犯到別人的智慧財產權，也讓自己的作業染上抄襲剽竊的陰影。從現實面而言，抄襲不僅是傷害對方，也大幅縮減自己的創造力，甚至連語言文字的掌握力與邏輯思考的精密度也會跟著退化。

　　要避免抄襲、剽竊的毛病，最好的方式就是學好引用與註釋的格式，並仔細辨別哪些是自己原創的內容，哪些來自別人的想法、成果。

　　只要你不是最原始的發想或創作者，無論是改寫、引述、再造、摘錄、翻譯等形式，都需要翔實標示，並列出參考文獻的原始出處，以表明無侵占別人智慧之意圖。特別是改寫引用，有些

同學認為自己已經消化重寫，確實遵守「出於自己的筆下」的原則，卻仍然被視作抄襲而感到困惑？

這是因為只要大幅轉引自他人的既有成果，無論是改寫引用或討論批評，為展現公開對話的基礎與還原文獻的原始脈絡，一定要將依據的出處標註說明。否則即便已經過你充分變造的摘錄改寫，依然構成意念上的抄襲行為。換句話說，出於自己筆下的原則，並非單指文字上的排列或敘述，還包含思想內容的組成元素，二者都必須確實恪守自我原創的基本法則。

此外，不少人對「參考」、「引用」與「抄襲」沒有清楚的概念，有時並非故意，卻也不知不覺陷入抄襲剽竊的險境。

簡單來說，所謂「引用」，是引述摘錄別人意見或原文，為求有憑有據，也基於尊重對方，引文必須以引號標示，並採用註釋方式說明出處，提供讀者複核與查證。

至於「參考」，則是參閱他人的研究成果，經綜合整理與消化過後，納入自己的論述脈絡，也須附註說明其出處。

最後的「抄襲」，則是打著「參考」之旗號，實為全文「引用」，並大剌剌地掛上自己的名字。抄襲所涉及的層面，並非只是文字，甚至連想法、觀念，只要與對方雷同或承其啟發，都應翔實地交代，不盜用別人的心血。

萬丈高樓平地起，各種研究與學說通常是繼往開來，在前

人積累的瓦礫上前進，我們很難是發現的第一人，卻並不意味成就無法超越，而是要在公平正視前人貢獻的前提下，如實地在文章裡註釋說明，再圖開創新局。這也是研究最根本的初衷——誠實、嚴謹並經得起考驗，希望大家能牢記莫忘。

2.4 安排工作進度

　　安排工作進度，大抵是許多人最容易疏忽的關卡，但若過於大意輕敵，十之八九將折翼於此。研究報告的寫作工作，不同於以往課堂就能完成的作文或個人小品，需要許多額外蒐集資料、研讀與思考、撰寫與修訂的時間。因此，為確保能如期繳交出一份滿意的報告，提早制訂一份工作進度表，按表操課，將可避免最後通宵達旦開夜車的慌亂。

　　若你是第一次撰寫研究報告，草擬時間表時最好在每個階段都先預留空白，以免操作不如預期，耽誤後續工作的進行。特別是需要口述訪談、田野調查、發送問卷或特殊資料調閱之類的報告，由於涉及與人溝通聯繫的作業時間，進度恐非一己之力能夠決定，務必要多留點彈性，避免倉促過趕。世事不盡如人意的道理，在研究過程中時常發生，畢竟每一篇報告都是從零開始，隨著各個步驟的進展，將遭遇什麼樣的問題很難預料，所以多保留些時間準備，是為上策。

工作進度表的設計

項　　目	預計完成時間	實際完成時間
尋找題目		
蒐集資料		
研讀文獻*		
擬寫題綱		
初稿寫作*		
引用核查		
修潤校對		
繳交時間		

（＊需要較多時間）

　　一般來說，研讀文獻與初稿寫作耗時最多，可以多預留些時間。不過，每個人狀況可能不同，若已經知道自己比較不擅長的項目，請自行調整各個預估完成的時段。此外，本書為了方便同學操作，將各個步驟先行拆解，但實際進行時，有些項目並非互不交涉，有時可以齊頭並進，像是尋找題目時得先蒐集資料，蒐集的同時也可隨時閱讀，毋須太刻意拘泥於類別，它們只是方便你執行工作的要點須知。

　　最後，根據我的學習經驗，建議規劃進度表時，應同時察看這學期修習的課表，盡量將相關課程的報告一併納入考慮，透過

彼此課題的相互聯繫，不僅蒐集與閱讀資料時事半功倍，撰寫時也能舉一反三、得心應手。

　　總之，工作進度表制訂之後，一定要盡量如期完成，若是出現延誤的狀況，也必須適度修正計畫表。請務必切記一點，繳交的截止時間並不會因為個人因素而延後，遲交就等同於失敗，不可不慎！

3

如何尋找好的題目？

3.1 選題的適切性

3.2 構思的三線索

3.3 縮放自如的命題法

3.4 量身打造的標題

選材要嚴，開掘要深，不可將一點瑣屑的沒有意思的事故，便填成一篇，以創作豐富自樂。

——魯迅

　　撰寫研究報告或學術論文看似工程浩大，難以入手，但是若將操作的步驟逐一拆解，按部就班進行，這個過程就不那麼地艱鉅、陌生。從找題、材料蒐集、分析到撰寫，透過窮索有意義問題的訓練，強化自我的批判性思考，增進對事物的深層了解，將是未來人生路上眾多抉擇與思辨的基礎。所以，大家準備好了嗎？讓我們一同來學習如何撰寫一份水準之上的研究報告。

3.1 選題的適切性

　　通常在臺灣的大學裡，特別是人文學科，總會在期中或期末時要求學生繳交一篇研究報告。研究所就更不用提了，小至期末報告，大至學位論文，都離不開專題式的研究論文或分析報告。有些老師擔心學生短時間內找不到合適的題目，亂槍打鳥浪費精力，會指定與課程相關的若干子題，協助同學快速進入狀況。但是也有些老師喜歡讓學生海闊天空尋找喜愛的課題，進行屬於自己的研究作業。這兩種作法都見仁見智，談不上孰優孰劣，唯一需要注意的是，即便老師指定題目，也別以為這樣就可以跳過尋找題目的步驟，因為老師提供的只是方向，如何切入、聚焦形成問題來討論，仍是考驗著個人的才識與判斷力。

　　不論是指定題目或自由選題，學生第一個浮上心頭的問題，可能都是「什麼樣的題目才會是好的題目？」尋找題目一事看似簡單，但好的題目其實並不那麼容易發現，背後所需付出的心力遠超過以前筆上談兵的作文來得繁複。

⊃ 什麼樣的題目是好題目？——選題的三要點

在學習的成長過程中，要學會培養選擇好題目的眼光。它之所以重要，不單是學術研究的基礎能力，同時也是面對任何問題、處理決策的判斷力與洞察力。如何將所見所聞匯聚成有效的問題、如何從現象中凝鍊出問題意識，都取決於我們如何去認識與觀察世界。若你覺得自己老是找不到好的題目，很有可能是你沒有注意到選題的三要點，才會讓報告欲振乏力、黯然失色。

一、引發興趣、熱忱的題目

許多學生覺得選擇一個簡單的題目，能夠快速入手、寫完的報告就是好的題目。但是事實上，什麼是「簡單的題目」本身就是一個陷阱。在網路檢索、資訊爆炸的時代，已經很難發現一個性質單純、平鋪直述的「簡單」問題，任何事物、現象的背後總是蘊藏著許多值得深入挖掘、探索的課題。因此，與其要敷衍了事卻偷雞不著蝕把米，還不如從一開始便認真面對自己所將處理的功課，並擁抱、享受過程當中的酸甜苦辣。

選題第一步就是找一個自己感到興趣，能夠引發熱忱的題目，用有趣的比喻來說，就是「發現真愛」的一個過程。

為什麼一定要選擇自己感興趣的課題？

因為接下來長至幾個月，短至好幾天，你都得跟他共度晨昏，甚至為他宵衣旰食，若沒有一點點發自內心的喜愛與動力，很難維持下去。一個讓你切身有感、充滿熱情、愉悅的研究問題，不僅能讓你為伊消得人憔悴，也能在諸多寂靜的夜裡鼓舞、陪伴著你，更能讓你的讀者心有戚戚焉，產生共鳴。反過來說，若是一個無聊乏味的問題，連作者自己都提不起興致，草率了事，又如何勾起讀者的好奇心呢？

當然，在實際執行上可能並不那麼順利，畢竟我們偶爾還是會遇到不那麼令人喜歡卻又不得不修的課程。這時該怎麼辦呢？棄甲投降，隨便找個題目應付？還是絕地大反攻，努力在夾縫中求生存呢？

答案應該很清楚，所有的競賽都一樣，不到最後一刻絕對不能輕言放棄。遇到這種難以抉擇的時候，建議大家靜下心思考，把自己擅長的方向或關心的議題納入其中，從中找出二者隱約潛藏的關連性。比方說，專業是歷史的人，當要繳交一篇與環保議題相關的報告，其他人可能就授課內容出發尋找題目時，他就能從環保意識的歷史演變切入，既能展現自己的專業所長，又能與環保議題結合。這個小絕招我在大學時屢試不爽，往往能得到很好的評價。原因在於，選題異於其他同學，對授課教師而言，千篇一律中的例外，總是讓人眼睛為之一亮。另一方面，結合自己

專業的課題，寫作相對熟稔與容易，也能談得更為深入。總之，從自己擅長的部分下手，常常是解決問題的良方。

密技　尋找一個能讓自己感到熱血沸騰的課題，是著手撰寫研究報告第一個前提。

二、範圍不大不小、能夠掌握的題目

一個好的題目，同時應該也是一個可以「掌握」的題目。所謂的掌握是有前提的，它必須在繳交期限之內完成，內容、格式合乎規範，而不是隨便劃下句點就能完結。所以，在期限壓力內，選擇一個範圍不大不小，能夠讓自己有效控制的課題，是十分重要的。

對題目範圍的掌握，考驗著撰寫者的經驗與工夫。若題目範圍過大，資料相對冗多，撰寫者很難在有限時間內系統性消化、吸收，反倒容易陷入百家講壇的泥沼爬不出來。一旦勉力而為，包山包海的結果，也容易變成拼布包，看不出論述重點與個人特色。反過來說，若是題目範圍太小，討論不易展開，還可能因為缺乏可供參考的資料，而難以接續。

什麼樣的題目叫太大呢？比方說研究報告要撰寫有關臺灣民主化的改革經過。若你一開始題目就設定為〈臺灣的民主改革〉，

涉及的時間範圍與具體面向都太過廣闊，不僅你自己很難扣緊主
題發揮，讀者也很難掌握你想敘述的重點。若無法針對相對單一
的主題進行挖掘，泛泛而談的報告很容易變成百家講壇，失去
作為研究探論的意義。反之，若你將題目改為〈臺灣七、八〇
年代的黨外運動〉，時間切面便能縮小集中，論析對象也能聚
焦鎖定，相對容易執行。更甚者，若是你想集中討論七、八〇
年代某次的黨外運動，成為獨立的個案研究，報告的寫作方式
將可更為深入與細緻。換言之，你的報告題目是決定文章走向與
論述深淺的關鍵。

　　至於太小的題目又會怎樣？假設今天要寫一篇有關博物館的
研究報告，你決定以故宮博物院的收藏品為主角，命題為〈鎮宮
之寶的翠玉白菜〉。雖然標題與討論對象都十分清楚，但只針對
單項品物立論，資料可能相當有限，很難完成一篇有深度的分析
報告。如果我們將題目稍微放大成〈從皇帝私寶到全民國寶的歷
史轉變：以故宮收藏品為例〉，如此一來可以考察的範疇擴展許
多，你可從鑑賞角度與收藏對象的變化、文物本身意義與被賦予
價值的轉換，或是國寶形象的打造、宣傳與建構等等面向切入，
豐富報告的論述內容，也提升問題的意義深度。

　　雖然在此舉例說明了什麼是太大或太小的題目，但還是要提
醒大家，所謂題目範圍的大小，都是非常主觀的判斷，也與每個

人的研究經驗、思考方式、技巧工夫息息相關。對自己而言，題目太大或太小的困擾，可能在別人手上毫無問題。重點是如何將這個議題完整呈現，透過精緻地陳述、論辯，深化其知識意涵。

此外，題目範圍的大小，也會隨著資料的蒐集，改變其第一印象。譬如有些乍看以為題目會太大或太小，卻在蒐羅材料的過程裡，發現並非如原先想像。這種意外的發現，幾乎是許多研究報告撰寫者都曾有過的經驗。所以，若覺得這是好題目，而範圍大小究竟適當與否難以確定時，最好的解決之道，便是及早查閱相關資料再行判斷。

 可以透過蒐集資料，協助判斷題目範圍是否恰當。

三、資料充足的題目

一個耀眼、新鮮的課題固然容易吸引讀者目光，但也很可能因為題目太新或太偏僻而遭遇資料不足的窘境，如同巧婦難為無米之炊，沒有充足的食材，再怎樣優秀的廚師也煮不出一桌好料理。所以，當我們確定找到的是自己有興趣的題目，範圍大小也恰好適中，再來則需判斷可否找到足夠的參考資料。

既有的討論資料充足與否，經常是學生撰寫研究報告最容易

疏忽的地方。選題是否合乎自己興趣，唯有當事人知情，老師無從推測。至於範圍大小是否恰當，很大部分跟資料掌握的程度有關，因此二者不能分別考慮，必須相輔相成，才有辦法寫出水平較高的報告。

如何才能知道這個題目或方向值得繼續進行？

首先我們需要進行初步的調查工作，利用方便的網路資料庫，快速檢索相關的期刊論文、網路文章或新聞報導等等，大致了解目前既有的研究狀況。同時也應該將有用的訊息、文章進行初步的蒐集與記錄，以便未來進一步的查找。在這個階段，我們不需完整、仔細地閱讀這些調查資料，只要粗略地瀏覽，大致掌握相關問題的研究進展，哪些方面已經被討論過，哪些還值得深入追蹤等等。從模糊的問題意識出發，逐步摸索、勾繪現象的輪廓，並判斷是否值得繼續進行，是初步調查的工作重點。有關資料蒐集的注意事項，詳見下一章的介紹。

密技

對於選題的三要點，是否還有疑惑？不妨反向思考一下，什麼樣的題目不是好題目呢？食之無味、偏僻冷門，或是包山包海、漫無邊際的題目，最好都別視為第一選擇！

3.2 構思的三線索

　　尋找一個適合自己的研究題目非常重要，也是決定這篇報告能否成功的主要關鍵。然而，即便知道選題的三要素，多數學生可能面臨更棘手的困難，那便是「題目在哪裡？」毫無頭緒的腦袋空白，這可能是許多新手遭遇的第一道寫作關卡。因此如何在廣闊方向、浩瀚資料中尋找出適合自己的題目，便成了火燒眉梢、迫不容緩的急切渴求。

　　撰寫一份研究性的學術文章，首先必須凝聚「問題意識」。

　　什麼是問題意識呢？

　　問題意識是所有學術報告、專業論文的寫作起點，也是作者最關切、最欲處理與解決的研究課題。簡單來說，便是如何問出一個有意義的問題，一個值得深究、探索的議題。也許你會疑惑，這樣問題意識又與上面所說的找題目，有什麼不同？這個不同或許你還懵懵懂懂，但換個角度思考，跟你以前常寫的作文是不是感覺很不一樣？這個不一樣就是有無問題意識的差別。

　　3.1 所舉的例子大多已揉入問題意識，試圖挖掘現象背後不

明或缺少的環節，亦即意義層面的為什麼、是什麼或如何，猶如古人所說的格物致知，有效地切入、窮索事物背後的道理，便是一種問題意識。問題意識的凝聚，並不是簡單地問問題，而是試圖找出問題的癥結，透過資料蒐集、批判思考、論辨彙整，提出一套對問題的觀察、詮釋與見解。

　　若對問題意識還是不甚了解，接下來的步驟將會教導你如何凝聚有效的問題意識。

⊃ 如何找到適合自己的題目

一、將所有想法、關鍵字記下

　　說明之前，先介紹當前十分流行的心智圖構思整理法。

　　心智圖（Mind Map）是一種視覺化的圖像整理術，仿照人類腦細胞的組織形狀與傳遞方式，透過概念與關鍵字之間的網絡連結，快速、有效地勾勒出直觀式的圖解，幫助我們增強思考與掌握資訊的能力。心智圖目前常用於激發創意、整理思考與鍛鍊記憶，如同一把啟動腦力激盪的鑰匙，能夠將繁雜的訊息依照輕重排定次序，將原本習慣線性思考的模式改為全腦思考，更具效率地進行腦內革命。很多研究都告訴我們，大腦的思考是多維度的串連，可以十分繁複與跳躍地運作。心智圖便是一種藉由詞彙與圖像，刺激你的左右腦活動，以放射的樹狀結構來延展、綻放

聯想，提升思考的靈活性。

心智圖的聯想法主要透過關鍵字，是我們在茫茫大海中尋找題目的好方法。假使你的腦袋尚處於渾沌狀態，現在該作的第一件事就是翻開課程介紹與筆記，察看這門課有哪些值得注意的地方，並將這些相關詞彙抄下來。完成這道工夫之後，你可以閉上眼睛稍微整理一下思緒，再拿起筆，透過直觀的聯想法，將這些詞彙連連看，畫出一份構思網絡圖。透過聯想、分類、聚焦，釐清這些訊息有哪些是成組地出現？哪些是個別獨立？訊息連接愈多者，愈能凝塑成一個有效且值得開發的問題。

特別是自己尚未找到有興趣的課題時，可從上課筆記或研讀討論的零星火花，嘗試將它作為研究報告的可能選項。有些學生或許不喜歡拾人牙慧，也擔心與其他同學撞題、想法重疊性過高等等。然而，這些擔心其實有些杞人憂天，姑且不論同樣題目十人有十種的操作表現和風格，每個人的思考邏輯、切入點、論述方式，甚至結論都很難一致，除非當中有人刻意剽竊或抄襲。因此，不用害怕與同儕選了相同題目，應該慶幸大家英雄所見略同的眼光。再者，從課堂中獲得的問題意識，往往是老師認為較重要的議題，背後意味著重要性高而且相關討論的資料也多。因此從課堂筆記入手，遠比瞎子摸象胡亂尋題來得省時省力。

切莫小看課堂中的筆記或小抄，它們都可以蛻變為學期報告的題目。

心智圖運用的思考範例

例如主題是唐代，可以發散出哪些相關思考呢？

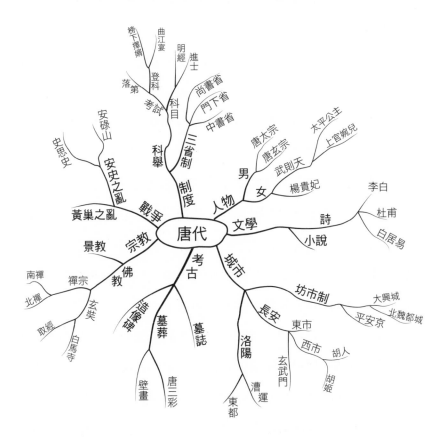

二、So What 思維的運用

不論是自己找題，還是透過課堂筆記的啟發，任何一瞬間的思想火花都不要輕易放過。讀過歷史的人知道，每一個歷史事件的發生都是複雜多因，我們可以從後見之明歸納出許多可能因素，但它們的影響性輕重不會均等，如何找到關鍵要點，不僅需要慎思明辨，還得不斷利用 So What 思維。

什麼是 So What 思維？

簡單來說就是逆向思考，不再輕易相信表象的答案，什麼都要問「為什麼？」「真的嗎？」「真的是這樣嗎？」不隨便相信既有解答，一切都要追根究柢，一層層抽絲剝繭尋找真相。

尋找為什麼的好奇心，幾乎是人類與生俱來的本能，特別是什麼都還不懂的小孩，對於宇宙萬物總是充滿疑惑與新奇。然而，隨著年紀增長，我們漸漸忘了如何去探索未知，也欠缺接納更多元看法與不同意見的包容心。因此，逆向思維便是一種可以借鑑、啟發思考的工具，只要對所有現象抱持著為什麼的懷疑態度，一定能問出具有知識水準的好問題。

目前人文學科都十分強調思辨，透過不斷地反問，活用批判性思考，研讀任何材料不要只停留於表象，更重要的是去分辨、探索其背後所蘊藏的涵義。有效地運用逆向思考，將有助於深化對議題的了解，也能觸類旁通擴大思考範圍，讓自己報告的深度

與廣度都優於其他同學。

如何運用 So What 思維？

1. 判斷現象本身是否為真？真假背後又代表什麼意義？

2. 各種資訊來源的公正性檢證，哪些可信，哪些存疑？

3. 現象背後可能的原因有哪些？彼此輕重緩急的關係為何？

4. 問題與現象之間，如何辯證、分析與陳述？

密技

找題的階段，若能善用逆向思考，可擴大延伸討論的範圍，對於下一步蒐集資料與撰寫題綱，都有很大的幫助。

三、題目必須是可處理的

選擇研究報告的題目時，有一個非常重要的原則，亦即「題目必須是可處理的」。無論你有多少突發奇想、宏偉抱負，一定要牢牢切記，題目必須是這段期間可以完成，不能延期繳交，也不能隨便給個句點，更不能輕率畫個壯闊藍圖點到為止。好的研究報告，一定是有頭有尾、有骨有肉，甚至有鮮活的血液流通其間，只是布滿理想、空洞的內文架構，很難說服讀者。

批改學生報告最常見的毛病便是虎頭蛇尾，開頭有著氣吞山河的雄偉壯志，中間呈現氣急敗壞的慌亂不堪，結尾只餘氣竭聲

嘶的不知所云。這種報告究實而言有些可惜，因為撰寫者並非不用心，而是企圖心過大，無法聚焦於核心問題，最後只能在時間壓力下提早收攤。因此，在確定這個題目能否成立之前，你必須先考慮下列幾個因素：

1. 你有多少時間可以寫這篇報告？
2. 根據老師的要求，這個題目是否能夠達標？
3. 這個題目的範圍是否夠大或夠小？可否在自己的掌握之中？
4. 這個題目的相關資料是多還是少？是否足以支撐你預計討論的架構？

密技 時間因素得從一開始的找題便納入考量，以免最後措手不及。

3.3 縮放自如的命題法

　　就常理而言，題目的命名大致決定報告的寫作方向與討論範圍。在實務的撰寫經驗中，報告最終的題目名稱會隨著寫作進展不斷修調，不過，若能在尋題的初期階段，就確定一個具體且可供操作的論題，後續工作將事半功倍。

　　對於題目大小的判定，如前文所述，仰仗個人的研究經驗。經驗愈豐富者，技術愈加純熟，愈能恰到好處地拿捏題目範圍。只是，命題與範圍界定的準則，雖然十分仰賴個人經驗，卻也非毫無方法可循。以下將介紹兩種縮放自如的命題技巧：

一、倒三角型縮題法

　　尋找題目過程中，一般學生較常遇到的問題是題目太大，而非題目太小。若你也屬於這種類型者，可以先稍微額首稱慶一番，因為問題相對容易解決，目前欠缺的只是大刀闊斧地刪減與整理罷了。

　　題目太大通常意味著問題的枝節過多，鋪天蓋地不易聚焦，

主題也相對不明確。在這個時候，可以利用「倒三角型」的縮題法，進行問題的拆解與切分，由大至小，不斷地濃縮重點，以釐清問題的主軸。「倒三角型」的縮題法，即是一種問題聚焦的整理過程，把握住骨架，去除不必要的旁枝末節。在這個清整的過程中，除能確立主題之外，文章的支脈走向也將一覽無遺。

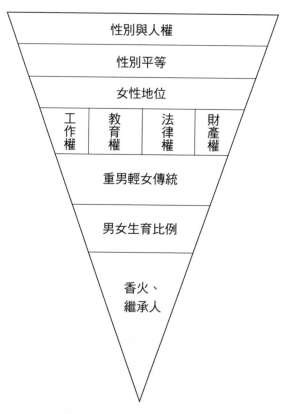

倒三角型縮題法，以「性別與人權」為例

在具體運用上，比方我們要交一份性別與人權關係的報告。在這個範圍內有許多可以討論的議題，譬如性別平等、女性地位、性別與工作權、教育權、法律權、男女生育比例等等，往下還可以細分更多層級。然而，千萬別忘了這只是一份學期報告，在時間壓力之下，很難面面俱到，我們只需從中挑選一部分足夠撰寫的議題即可，毋須蜻蜓點水飛過各個領空。因此透過倒三角型的縮題法，我們可以從問題的大方向，聚焦到個別的議題，甚至更縮小到實際的案例。

密技

倒三角型的縮題法也可以反向使用，若是把題目縮得太小，即可往上回溯，尋找一個合適的範圍。

二、螺旋狀擴題法

相較於題目太大的刪除法，範圍過小的題目想要擴充，難度相對較高，一般也不建議初學者使用。在研究過程中固然免不了小題大作，但若是新手又對課題不熟，沒有一定的技巧與經驗，很容易事倍功半。

撰寫學期報告，若想試著小題大作，最簡易的入門法則，應該是「個案分析」類的研究。亦即找個涵義夠豐富、足供分析的個案切入，再利用螺旋狀向外擴張、含括地延展，將相關議題

──包覆討論。

　　螺旋狀擴題法較難操作的原因，在於寫作者必須先對與個案相關課題有一定的背景掌握，才能得心應手地將只是個別層級的案例，昇華至具有普遍性「意義」層面的格局。換句話說，以個案或小題出發的題目，作者得精細檢討此例之外，還應試圖挖掘、提升其背後反映出的廣泛價值。

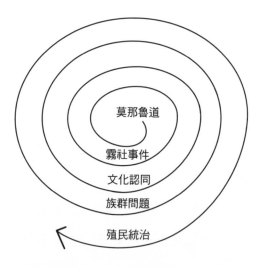

螺旋狀擴題法，以「莫那魯道」為例

　　舉一個常見的報告形式為例：環繞某個人物為主的個案分析。目前網路發達，維基（Wikipedia）百科可能是許多人蒐集資訊的第一步，但知道人物的生平背景與豐功偉業之外，如何寫

出與眾不同的報告呢？首先，找到一個自己有興趣的切入點，藉由螺旋狀擴題法，將人物事蹟導向另一個值得關注、討論的議題，強化報告的深度，自然可呈現與眾不同的文章風貌。例如我們以賽德克頭目莫那魯道作為報告的主人翁，往外擴充時可加入霧社事件、社會衝突、文化衝突、族群隔閡、統治與殖民等課題，環環相扣充實報告的內涵。

密技　螺旋狀擴題法是一種小題大作的應用，對於小題要先透徹地掌握，再向外連結與之相關的問題，豐盈其羽翼。

3.4 量身打造的標題

　　從構思覓題到聚焦眉目，接下來還缺最後一道手續，那就是擬定適合自己報告的最佳標題。標題就如同商品的外貌，能夠成功吸引顧客注目者，便有機會暢銷大賣。

　　好的報告題目應該抓住文章精髓，畫龍點睛地傳遞內容訊息；同時也應該引人入勝，增加讀者的閱讀興趣。報告寫作不同於文學創作，題目應與宗旨相符，若是過度譬喻或誇張修飾，反而失去引導作用，讓讀者無法在第一時間掌握論述要點。因此，好的題目應該眉清目秀，文字清晰、具體明確地交代報告的正確信息，並且豐富完足地提煉出文章題旨。

　　目前學術文章的題目風格約有兩種，一種是傳統的平鋪直述，以準確傳達文章主旨為目的；另一種則是當前流行的主副標題制，主標通常較為籠統但能引人注目，副標則相對具體能穩妥說明研究旨趣。平鋪直述型標題像是〈公園的空間設計〉、〈校園與學童安全〉、〈大學排名與企業招募的偏差值〉等等；主副標題式則如〈罪與罰：探索司法審判的終極意義〉、〈死於安樂：

安寧照護與急救放棄的醫療倫理〉、〈綠色革命：基因改造所帶來的食糧危機〉之類。主副標是近幾年學界，乃至媒體、出版業都擅長運用的命題法。由於現在資訊龐雜、研究眾多，為更具體闡述自己的論點，常利用主、副標的形式，來凸顯大關懷與小案例之間的連結。

平心而論，兩種標題設計都各有千秋。四平八穩的題目，看似不起眼，卻能清楚點出論旨，研究可行性通常也較高；新穎有趣的課題，固然受人矚目，但有時流於浮誇，無法精確地對應內文。近來主副標制由於使用氾濫，有時甚至喧賓奪主，遮蓋主題的原意，部分學者再度主張標題應該簡潔扼要，不需累贅取寵的主、副標，撰寫者應努力將題目一言以蔽之。這個顧慮也是對的，當你的題目能夠一目了然時，就不要硬套主、副標的格式，以免顧此失彼，無法照應全局。話說回來，如果你的報告屬於個案類型，適當地套用主、副標形式仍是必要，帶領讀者更清楚、快速地進入討論的重點。

⊃ 好題目需具備的原則：

1. 標題能精確概括文章內容，忌諱抽象籠統或辭不達意，讓人摸不著頭緒。

2. 標題的指涉範圍應恰當，切莫過度放大格局或文不對題地

誤導讀者。

3. 標題不宜過長或過短。長標題顯得冗贅吃力，讀者不易掌
握重點，也凸顯撰寫者思慮尚未清整。過短的標題有時無
法完全涵蓋內文，難以有效畫出討論界線，比方取名〈桃
花源〉，會讓人誤會究竟是要談陶淵明的作品，還是烏托
邦的理想世界。

4. 標題應與章節名稱有層次的邏輯關連，二者必須緊密聯
繫，主題要扣合章節，章節題名則需能支撐主題。

5. 標題設計應考量文辭之美，需與章節名稱一同考慮，注意
均衡整齊的對稱美感。

6. 若是正式的期刊論文或學位論文，標題命名時應該融入關
鍵詞彙，方便後人查詢檢索。

密技　報告標題一定要精心打造，且在撰寫過程中不斷微調以充分
切題。毋須在意最後定稿的題目是否同於原初設想，重點在
於它是不是更貼近題旨，更能包覆你的文章內容。

形式功能檢查表一、確認你的報告題目是否符合下列條件：

確認事項	○	×
1. 關於這個題目你有興趣嗎？		
2. 你是否已經凝聚出問題意識了？		
3. 是否掌握了相關資料，進行過基本的調查工作？		
4. 這個題目的範圍大小是否恰當？有無太大或太小？		
5. 是否量身打造出最貼切的報告標題？		

4

鍥而不舍的資料蒐集

4.1　要從哪入手？

4.2　至少去一趟圖書館

4.3　評估資料的「可信度」位階

4.4　隨搜隨讀，摘錄重點

4.5　如何作筆記？

上窮碧落下黃泉，動手動腳找東西。

——傅斯年

　　尋找題目過程中，我們已經做過初步的調查工作，並且蒐集了一些相關資料。在前一個階段還只是粗略的調查，確定問題是否值得研究、目前既有的看法有哪些等等。接下來則要詳細閱讀這些資料所提供的訊息與參考文獻，進一步地確定搜索方向，擴大對議題的整體認識，不斷豐富對問題現象的理解層次。簡單來說，在蒐集資料的過程中，首先要知道如何找到精確且參考價值性高的可用訊息；其次，則是需要知道如何整理、記錄這些龐大資訊，以助於後續的撰寫工作。

4.1 要從哪入手？

　　選定題目方向之後，接下來要開始大量蒐集相關的研究資料，協助我們深入探索這個議題，並適當評估目前自己所處的知識光譜。通常我們有興趣的課題，別人也曾經關注過，只是各自切入觀察的面向和重點不同。這個不同適足以提供我們延伸觸角，站在前人的基礎上，讓問題更深一層地推進，擴大知識的版圖。利用查找資料，可以發現哪些想法與前人不謀而合、哪些疑點尚未釐清、哪些說法尚有瑕疵、哪些層面未曾梳理等等，這些缺陷與問號將是我們未來研究的出發點。因此，學會蒐集與分析資料，可以讓我們的研究不用從頭開始，其重要性並不亞於其他階段。

　　中央研究院創立歷史語言研究所的傅斯年曾經說道：「上窮碧落下黃泉，動手動腳找東西。」這番話當然與傅斯年自身研究史學的背景有關，歷史學特別重視搜討材料的工夫，由於得透過極少或極小的線索去構築出消失的過往圖像，所以查找資料可說是史家必備的看家本領。雖然，不是每個人未來都準備當歷史學

家，或許不需如此執著，但這種窮究到底、不畏麻煩的精神，確實值得我們效法，尤其當撰寫研究報告或學位論文時，四處搜找散佚文獻資料的那份堅持，將會是成功的主要關鍵。

近年來網際網路蓬勃發展，訊息流動頻繁快速，內容也相對冗雜參差、良莠不齊。許多有經驗的教授會循循善誘勸導研究生，利用便捷的網路建立自己所屬的學術資料庫，持續積累研究的基本功，對於日後文獻書目的整理、問題的思考，以及論文的撰寫都有很大幫助。然而，就一般大學生來說，現階段更強調對各學門、領域廣泛的探索與學習，很難針對某一課題進行長久且全盤性的蒐集日課。所以當在接到寫報告的「任務」時，需要更有效率地讓自己進入到「研究狀態」，依循下列教戰手冊的指示，便可從外行迅速升級到內行的專家。

つ 如何蒐集好的資料

一、網路資料如何搜？

網路革命的時代，同時也是一場資訊爆炸的時代。現代學子對於網路的熟稔度遠比老師來得厲害，但這不意味學生就能駕輕就熟地蒐集資料。通常薑還是老的辣，老師們經年累月累積了豐富的經驗、技巧與判斷功力，即便簡報做得陽春、網路也只會使用基本功能，但查找網路資料往往能一竿進洞、切中要點。

那麼，二者的差別在哪呢？網路資料究竟該如何搜呢？

許多同學查找資料時很依賴 google，認為只要有谷歌大神在，天下無不能解的難題。很多時候可能確實如此，搜尋的入門網站隨著科技進步，一日千里，數據份量與更新速度已遠遠超越傳統書本或百科全書，而且形形色色、各式各樣的訊息都很容易入手。然而，網路資料人人會搜，手法高下卻落差很大，若得竭澤而漁，付出的時間成本未免過高，如何快速找到有用的資訊，將是本節敘述的重心。

不過進入正題之前，有三個網路使用須知，希望大家銘記在心：

1. 網路資料不是什麼都可以相信，甚至直接引用，無時無刻都必須保持著懷疑與保留的態度。網路世界三人成虎、指鹿為馬或以訛傳訛的情形俯拾即是，往往可見一個錯誤訊息到處流竄，因此使用者平常得培養判斷「傳聞」正確與否的基本辨識能力。

2. 網路資料往往未經審查，也無嚴格的撰述機制，訊息除不確定性偏高外，也不具穩定性，作者隨時可以修改或刪除，有其時效性的限制。因此，使用前應該審慎估量，若有疑慮應再加以查證，不宜直接引用作為有效憑據。

3. 網路資料不管是圖文並茂的部落格、報章文獻或臉書的私人留言等訊息，都不是公共文化財，而是享有著作權的保護，引

用時務必以引號標示，並附註說明出處的來源。特別是看不見也摸不著的虛擬世界，更需要我們有意識地彼此尊重，推廣網路的禮貌運動。

懷持上述的警覺心之後，再來思考網路資料究竟該如何搜，才能立竿見影，找到優質的訊息？

1. 關鍵字的查詢法

不是傻傻地將整個報告題目 po 上去請教鄉民，或放在搜尋引擎查詢，要試著凝結重點，選用幾個關鍵字，拆解與互相搭配之後，重複檢索，從中篩選出有用的資訊。

2. 同義詞或近義詞的交叉檢索

比方說要研究性別與戀愛的法律權利，除了用「異性戀」、「同性戀」之外，還可以使用相關的「gay」、「同志」、「同人」，甚至網路流行的新詞彙「蕾絲邊」、「百合」、「基佬」，甚至相關議題的「婚姻平等」、「多元成家」等詞彙也可以納入搜尋。要注意的是，使用不同的詞彙背後隱藏著不同的理解脈絡與價值判斷，查詢者得先把握這些詞彙可能的引伸涵義，切莫將它們視為一體，不加甄別。

3. 加入空白鍵

有些時候由於我們使用的關鍵詞較為一般，並非專門用語，媒和的結果往往數量過大，這時需要利用空白鍵，再加上新的關鍵字聯合查詢，進一步縮小範圍，以取得更確切的相關訊息。若是自己想不出另一個關鍵詞，直接打空白鍵也可以，系統會自動將可能相涉的詞條列出，提供使用者參考。

4. 運用半形雙引號 〝 〞，要求關鍵字完全媒合

常用搜尋引擎的朋友一定有過類似經驗，使用的字串愈長，搜到的東西愈五花八門，若你要檢索的內容很明確，可使用半形雙引號來強制搜尋結果的精確性，過濾其他無用的雜訊。若需使用雙關鍵詞時，也可各自加上半形雙引號 〝 〞，提高作業效率。

5. 網路資料客觀性與價值的判斷

簡單來說，也就是「眼力」的培養，如何在眾多資料中找到可以信賴且具客觀價值的相關論述。關於資料可信度的判斷，後文將會深入說明。總之，這是一項重要且長期的功課，必須持續鍛鍊，有意識不斷地提升自我判斷的能力。

密技　使用愈關鍵的專業術語，搜索到的資訊將愈精確、適用。

二、善用圖書目錄

網路資料固然方便,但往往流於主觀性強烈,證據相對薄弱,論述也不甚嚴謹的弊病。相較於此,書籍大多由專業人士撰寫,透過長時間的思考醞釀、資料蒐集與論述鋪陳,可信度相對較高。特別是嚴謹的學術專著,經專人審訂、校對,還提供註釋、參考書目等徵引文獻,方便讀者更深入了解相關的議題。因此,搜尋資料時千萬別忘了還有這一塊參考價值極高的園地。

就一般大學生修課而言,以下羅列的幾個圖書網路大抵足夠;但若是研究生,千萬別忘了還要搭配相關的專業電子資料庫,才能更快找到具有學術性價值的圖書文獻。

1. 國家圖書館「全國圖書書目資訊網」及「臺灣書目整合查詢系統」

這兩個網站彙整臺灣正式出版的圖書目錄,可利用作者、書名或關鍵字搜尋。這兩個網站都可在國家圖書館全球資訊網(http://www.ncl.edu.tw/mp.asp?mp=2)的熱門資源區找到。

全國圖書書目資訊網:http://nbinet.ncl.edu.tw/

臺灣書目整合查詢系統:http://metadata.ncl.edu.tw/blstkmc/blstkm#tudorkmtop

2. 博客來等網路書店的查詢系統

近年來網路書店蔚為流行，除方便讀者購買之外，更重要的是，它提供了完整的圖書資訊。不論是中文繁、簡體書，還是外文書、雜誌等等，除了基本的圖書資料外，還供應完整目錄、簡介與作者介紹，甚至部分書頁的內文瀏覽和讀者感想，可以幫助我們進一步認識並判斷此書與撰寫課題之間的關連。這類的書目資料是傳統圖書館典藏系統看不到的部分，但對判別重要性與否的參考價值頗高。因此查找資料時，可先透過網路書店檢索進行篩選，再決定是否借閱或購買實體書。

不過，使用時也要留意網路書店的檢索限制，畢竟是營利事業而非公共圖書館，部分缺書或年代較久、絕版等之書籍，可能會被下架，或是排放在後面，得費點工夫尋找。另外，網路書店也有詳今略古的特徵，年代久遠的書籍大多不見蹤影。所以有時候還是得透過 google，多方交叉檢索，查看其他網路的消息。

3. 學校圖書館館藏目錄

學校圖書館是在學學生借書最方便的管道，一定要善加利用，別罔顧自己的權益。藉由館藏的書目檢索系統，查詢學校關於這個課題的圖書資源，並記下索書號，親自到圖書館翻閱或借閱。要記住，撰寫研究報告或論文前，仔細調查學校可提供的館

藏資源，了解其足與不足之處，是非常重要的工作。若所需的重
要資料是校內圖書館無法提供，也可視情況自行購書或透過跨校
館際合作的借閱管道，還是到公共圖書館、國家圖書館申請調
閱，千萬別坐以待斃。

4. google 的圖書搜尋

搜尋引擎龍頭 google 近來也積極設置圖書的搜尋功能，不
同於網路書店或圖書館目錄的資料類型，它可以透過關鍵字檢索
查找相關的文獻內容。換句話說，不僅是圖書的基本資訊或目
錄，google 的圖書搜尋還能讓你使用關鍵字直接找到書籍中相應
的文字。打個比方，一般的圖書搜尋很依賴「外表」的書目信息，
google 圖書搜尋則是能讓你看到赤裸裸的「內在」。

 密技　網路上的圖書搜尋庫，有其詳今略古的局限，想要進一步知
道「古人」的相關著述，還得多利用圖書館館藏目錄或近人
的參考資料與引用文獻。

三、專業電子資料庫

隨著資料數位化的快速推廣，一些專業的電子資料庫也成為
檢索的重要工具。大部分專業或學術型電子資料庫，學校圖書館

通常會選擇性購買，有些限制只能在館內或學校的 IP 才能使用；有些則能在家連線，詳情需參閱學校圖書館的相關說明。

電子資料庫的種類繁多，從報章雜誌、期刊論文到百科文獻等無所不有。以臺灣大學圖書館的電子資料庫檢索區為例（http://dbi.lib.ntu.edu.tw/libraryList2/），根據性質區分成「藝術與人文」、「社會科學」、「科學與工程」、「生命科學與醫學」、「綜合性資料庫」等類，內又細分為中、英、日、韓文等類別，方便使用者了解各領域有哪些相關的電子資料庫。不是臺灣大學的學生也不打緊，仍可透過這個網頁認識自己領域的相關資料庫，當然也千萬別忘了，先去自己學校的圖書館網頁看一下有哪些可使用的電子資料庫。

以下簡單介紹幾個常用的期刊論文資料庫：

1. 臺灣期刊論文索引系統（http://readopac.ncl.edu.tw/nclJournal/）

「臺灣期刊論文索引系統」由國家圖書館建置，收錄 1970 年以來臺灣出版之中西文期刊、學報、部分港澳地區的論文資料，並提供線上檢索，目前也還持續往前追溯建檔中。這個系統主要提供學術性的文獻查詢，不收一般性漫談、文藝資訊或公務動態等項目，使用者可以利用關鍵字、作者、刊名、摘要或全文檢索，部分論文甚至提供線上無償授權的原文影像。使用時除能

得知刊登出處外，也能透過延伸查詢連結至國家圖書館或其他圖書館的館藏訊息，若無法就近取得期刊，國家圖書館也提供館際合作協助調閱、複印。

2.臺灣博碩士論文系統（http://ndltd.ncl.edu.tw/cgi-bin/gs32/gsweb.cgi/ccd=nQcUY0/webmge?Geticket=1）

「臺灣博碩士論文系統」也是由國家圖書館建置，提供學位論文的線上檢索，較完整收錄 1994 年以後出版的博碩士論文，目前也不斷進行回溯的作業。此系統可搜尋論文名稱、研究生、指導教授、口試委員、摘要、參考文獻、關鍵詞等欄項，若作者有提供電子全文檔，甚至能有償或無償取得論文。另外，國家圖書館也收藏許多國內大學博碩士的紙本論文，有需要者可自行到館調閱、複印。

近年來華藝線上圖書館（http://www.airitilibrary.com/Home/Index）也建置「中文電子期刊資料庫」和「中文碩博士論文資料庫」，部分大學已將該校博碩士的電子論文授權委託其管理，有些在國家圖書館無法下載的學位論文，在華藝線上圖書館也許可以有償或無償地取得。

3. CNKI 中國知識資源總庫（http://cnki50.csis.com.tw/kns50/）

這個資料庫由中國清華同方光碟股份有限公司、中國學術期刊電子雜誌社等單位共同合作建置，收入中國大陸的學術期刊、博碩士論文、報紙等重要資料庫，並提供跨庫查詢。除少部分未授權之外，多數論文資料皆提供線上 PDF 或 CAJ 檔案下載，是近年來了解中國學術發展非常重要的全文數據庫。CNKI 是付費的資料庫，大學一般都會購置，有些還提供遠端 VPN 轉換伺服器 IP，修業學生在家也能使用。

4. ProQuest（http://search.proquest.com/）

ProQuest 是搜尋美加地區英文文獻的大型資料庫，提供查詢索引、摘要或電子全文，資料庫內部又區分成各種領域，有綜合學科（ProQuest Education Journals）、商業財經（ABI/INFORM Complete）、人文藝術（Arts & Humanities Full Text）、應用科技（ProQuest Science Journals）等等共二十八種資料庫。當中也有提供博碩士論文的搜尋庫 ProQuest Dissertations & These，範圍涵蓋理、工、人文、社會科學等領域的論文摘要，並且提供 1997 年數位化之後論文的前 24 頁全文檔。整體而言，是了解美加地區學術發展十分便利的檢索工具。

四、詢問師長、助教

很多學生可能過於內向或膽小，不善於跟老師或助教交談、求救，而白白錯失最佳的請益對象。其實，大多數老師與助教都很樂意幫助同學解惑，只要記得帶著禮貌與誠懇，相信他們都會願意傾囊相授。當然這句話是有前提的，你得自己先作好基本工作，真的努力過後遇到瓶頸再求助於師長，而非本末倒置地坐享其成。之前曾經看過一則新聞，是作家張大春在臉書上所寫「請別費事『卸』我了」的生活小軼事，以及其衍生出的學術倫理問題。

事情的源由為：一位網友要以張大春為對象撰寫報告，卻因為網路資料太「少」，而寫信央請作者幫忙。信中寫著包含作者介紹、生平經歷、重要性等七個問題，並且夾雜出現注音文。整件事情看起來似乎只是社會新鮮事的冰山一角，聊供莞爾罷了，然而，這件事其實很值得思考。在網路通訊日益便利的現在，我們是否很容易犯下類似這種不經意的錯誤，尤其是剛出茅廬的大學生。

網路世界不用與人直接面對面，假名、暱稱，甚至是不署名

的情況儼然成為新的流行趨勢，但當我們暢遊虛擬世界時有些該遵守的禮儀應當還是要注意，比方自己的作業是否可以請第三人代筆或幫忙？或是學生為何連基本功課都不自己搞定呢？只要願意花點時間檢索，很多基礎工作都能自己完成。

所謂天助自助者，老師不是不能問，但要問得合理，問得讓人願意幫忙，不能只想著不勞而獲。因此，張大春便詼諧地回應：「網路上資料很少的話，根本不值得做什麼報告的，就請別費事『卸』我了。」

近來也有些學生喜歡到某些網站 po 文請教鄉民，這種你情我願的事情，老師當然也無法介入，但肯定是不鼓勵大家去做，原因在於鄉民的回覆良莠不齊，內容未必可靠；其次，依賴他人的心理並不可取，畢竟學習是要磨練自身的能力，一點一滴的血汗都將內化成寶貴的生命經驗，平白摘取別人的智慧，卻對當中的摸索過程一無所知，反倒浪費了自己的學習機會。

只要你事先做了功課，而觸礁於找題目或搜資料，真的不妨找時間詢問師長或助教，說明自己目前的困境，請他們給予建議。老師、助教都是這領域的專業人士，閱讀過的資料不知凡幾，研究經驗也相對豐富，對於問題的掌握、方向的釐清或相關參考資料，都有一定的了解，可以提點我們注意一些疏忽的盲點。

此外，有時候自己還摸不著頭緒的想法，提問時經過語言的

陳述、轉化，邏輯性會更強，原本想不通的部分可能豁然開朗，
撥雲見日；或是透過與同儕、師長討論，不斷地清理雜緒、調整
方向，就能穩健地踏上正途。

密技

無論是請教鄉民、同學、親友或師長，除必要的禮儀之外，
自己也得先做點功課，要記得天下沒有白吃的午餐。

如何比人快速、比人厲害地蒐集到能夠使用且精確的報告資
料，除利用上述介紹的各種檢索技巧，並配合現有的圖書或目錄
文獻資料庫外，別忘了也要思考所有資料來源的「利」與「弊」，
享受它們便利的同時，也別忘了其可能的缺陷與不足之處。唯有
帶著批判的警覺意識，才能有效駕馭這些雜蕪紛亂的各種訊息。

4.2　至少去一趟圖書館

　　由於網路資訊的普及與便捷，許多資料透過搜尋器唾手可得，達到古人所謂：「秀才不出門，能知天下事。」然而，水可載舟，亦可覆舟，網路世界有利也有弊，只仰賴大眾都能使用的網路資料，很難寫出獨一無二的完美報告，上圖書館找資料還是有其必要性。

⊃ 為何要去圖書館？

一、了解圖書館有什麼

　　圖書館對於很多同學來說，可能是期中、期末考臨時抱佛腳的 K 書好去處，也可能是提供各類影音產品的個人電影院，或是午間休憩的好場所，偶有需要還能提供圖書閱覽的用途；當然也有不少學生是真的喜歡也會使用圖書館。無論是哪一類使用者，對於自己學校的圖書館都應該要有基本的認識，大至各個館藏區間的名稱、設置與內容，小至特藏資料、專業電子資料庫等等。這些設備、館藏資料都包含在學費裡，若畢業前不能好好利

用，著實有些浪費。

也許你會反問：「要知道圖書館有什麼，從網頁介紹就能知道，何必一定要親自跑一趟呢？」

然而，網頁簡介只有基本內容，實際的擺放位置與收藏的圖書資源，唯有親身勘查才會有立體感，使用時才能得心應手。忘記從什麼時候開始，至少在高中時，我就喜歡「直覺地」使用圖書館，熟悉館藏的分類架構，用身體去記住圖書擺放的位置，有時不用電腦、不靠索書號也能知道大概位置。除非是要找特定的著作，不然輕鬆瀏覽架上書目，也是一種知性的享受。再者，同類書籍都擺放在一起，尋找時順便察看前後左右架上的書本，往往也能有意外收穫。

二、使用館內的專業電子資料庫

使用搜尋引擎，大多只能搜到一般訊息，相對專業或學術性資料就得透過特定的電子資料庫才能找到。這類的專業資料庫由於涉及建置、管理與版權問題，並非免費開放，多由學校或研究機構購買使用權限，有限制地允許館內讀者或在校師生利用。部分管制的資料庫只限定校內 IP，甚至只能在館內使用，因此不入虎穴，焉得虎子，定得抽空到圖書館一遊。

三、翻閱架上的相關書籍

電子檢索雖然方便，但也要注意仍有許多是網路查不到的訊息，譬如你不知道的書目或關鍵字，若未能腦內覺醒，根本一籌莫展。另外，當關鍵字太普通時，少則百筆，多則萬筆起跳的結果，如何快速過濾也是問題。因此，若在圖書館能找到與課題直接相關或重要的書目時，千萬別把眼光只鎖定「要」的書，架上前後左右的相關書籍最好也順道翻閱，也許能找到檢索系統沒告訴你的好資料。

四、尋找網路世界消失的「大家」

目前蓬勃發展的網際網路，誠然改變了世界知識體系的組成與運作，訊息的多元與複雜性也遠遠超過以前。話雖如此，除非專研於時尚流行、數位科技或新聞媒體等相對有時效限制的領域，否則許多極具代表性的「大家」，仍是我們必須靜下心仔細閱讀的經典佳作。

這些作古已久的巨擘及其經典著作，通常在網路上較難找到全文，頂多有幾篇閱讀心得或引用摘要，有些甚至可能在網路世界「沒沒無聞」，消失於新世代的知識體系。為省去自己篳路藍縷的開創艱辛，也為了不埋沒、辜負前人的智慧結晶，撰寫報告之前，至少去一趟圖書館顯得十分必要。

　　總之，在學期間多使用圖書館的館藏資源，是非常重要的功課。學習貴在提升自我的能力，自動自發探索未知，蒐集與判斷資料的來源，並積極掌握、分辨可用的資源，都是撰寫報告背後不為人知卻能夠激發成長的潛在智慧。

> **密技**
> 請多到圖書館尋寶，試著不用電腦也能知道書籍的大約座標。這個小遊戲無形中能幫你進行知識分類，對於各領域的相關著作也能有更深一層的體會。

4.3 評估資料的「可信度」位階

　　不論選擇哪種途徑找資料，更關鍵的工夫在於如何有效地判斷資料的價值，將它擺放到適當的參考位置。

　　大學教育重在培養學生獨立思辨的能力，亦即對任何知識、現象都該有自己的看法。這個看法不是我說了算，也不是人云亦云，而是建立在批判性思考之後，有證據支撐的客觀見解。因此若是無法恰當評估既有資料，將會陷入古人所謂「盡信書，不如無書」的學問泥沼。

⊃ 如何培養評估資料的能力呢？

一、要有客觀的視角

　　不帶主觀或偏見的心態來閱讀，持平地分析、辨別其優缺點。所有資料必須經得起檢驗，剔除不當的「偽知識」，汰劣擇優，留下有價值的參考資料。

二、觀察其「外在條件」

很多時候我們並不是萬事通，無法了解各個現象的方方面面，這時我們需要一些外力的協助。比方觀察作者背景、文章刊登處所等等，是個人私見議論？還是專業性論文？從這些外在條件衡量其可信度。舉例來說，一般而言學術論著的行文相較於報章雜誌或部落格嚴謹、周延，參考文獻也多，能提供我們進一步搜索、評估其論述的精確度。換句話說，學術論著的可信度與說服力，相對就比一篇報導或私人言論高上許多。

三、多找幾篇資料，進行批判性思考

如果上述兩個最簡單且重要的方法，還是沒辦法成為你判斷良莠的工具，那麼你需要花更多時間了解這些文章究竟在說什麼？分析他們的問題意識、論述脈絡、證據可靠度等等，同時整理自己模糊不清的思緒，藉由批判與思辨，試著「以子之矛，攻子之盾」的方式進入作者的思想世界。

評估資料的可信度位階，很仰賴個人的經驗與學識判斷。剛入門者也不用因此感到氣餒，從零開始的學習、挫折失敗的甘苦，都是成長必經的過程，反倒先擁有這份警覺心，愈挫愈勇的毅力，將會協助你增加識見，提升判斷的能力。

此外，在日常生活中擴大自己的眼界，延伸觀察觸角，培養

自身對事物的洞察力，也能日益精進判斷的準確度。比方，多涉獵一些報章雜誌、圖書刊物與學術著述，深化對某些學科、專家的認識，自然能比其他人多了解這些領域在討論什麼，有哪些重要看法等等。

認真閱讀授課老師提供或推薦的參考論文，試著考察其何以可信，作者如何借力使力讓自己的論點更上層樓。

4.4 隨搜隨讀，摘錄重點

很多同學可能都覺得應該先將資料全部搜齊之後，再來閱讀、作筆記，以免有遺珠之憾。這個想法或許沒錯，但並不是最好的辦法，為什麼呢？

很簡單，因為資料何其多，翻了一山又來一嶺，若要等到東風俱全，恐怕萬事成蹉跎。

一般教導論文或報告的寫作書，總是要人讀完資料再進行寫作，但事實上，不同規模、問題與寫作風格的文章，不可能要求制式化的生產模式。在實際的研究過程中，隨處可見邊看邊寫的情況，重點是對問題把握的程度為何。這個時候評估資料可信度位階的技巧，便顯得格外重要。

⊃ 快速整理資料的絕招

一、一定要先找最有用的

先從資料性質、標題、摘要等種種線索，初步判斷資料的可能價值，並安排搜尋與閱讀的順序。

二、邊搜邊讀

蒐集資料千萬別等搜齊了才要讀，要邊搜邊讀，隨時從其論點引發其他聯想，再擴大搜尋相關資料。特別是學術論著註釋特別多，要參考作者的徵引文獻，補充自己書單的不足，並深化對問題的了解。

三、隨手摘錄重點

閱讀二手文獻時，一定要邊讀邊記重點，用簡單的話寫下心得。千萬別船過水無痕，那種揮一揮衣袖，不帶走一片雲彩的瀟灑，完全不適用於讀解資料。

四、回頭看看自己

蒐集資料最怕的，就是被浩瀚的資料牽著鼻子走，愈讀愈進入到別人的問題世界，與自己原先設定的課題脫節。

所以讀任何文獻，都要記得回頭跟自己的題目對話，哪些資料可參考，哪些用不著，哪些缺陷要避免等等，絕對不要順著別人的思路走。

五、不斷調整自己對問題的認識

蒐集資料不是乖乖地找、呆呆地讀就行，還要能與這些資料

對話，了解各家長短，思索他們與自己課題之間的關係。

> **密技** 蒐集資料應隨搜隨讀，快速掌握論旨，並察看它們的引用文獻為何，是否需要進一步追索。

4.5 如何作筆記？

　　蒐集與閱讀資料的時候，應該要有隨時作筆記的習慣，無論是讀後感想或疑問發難，都要抓緊那靈光一閃的瞬間將它記錄下來。特別是當問題繁瑣且資訊量龐大的時候，零碎的筆記、手札將成為往後撰寫正文的靈感仙丹。

　　此外，不少人可能都曾經歷那種有印象讀過，卻在要用時遍尋不著的痛苦經驗。若不幸發生在撰寫論文時，只能窮盡心力大海撈針般地重新翻閱，期盼尋回那關鍵的證據與出處。所以當資料眾多時，千萬別過於信賴自己的記憶力，一定要隨時整理記錄，以免悔不當初，耗費更多的時間與精力。

　　過去在尚未電子化的時代裡，許多前輩學者都喜歡使用卡片來管理知識。在卡片製作過程中最重要的便是「分類」，透過一個個可大可小的類別，從骨幹到枝葉，建立起自己所屬的專門資料庫。至於各類別內的資料卡，則可以隨手摘記閱讀的發現、感想或疑問，甚至將值得參考的資料抄錄下來，以免事後遺忘或找不到。

換句話說，作筆記或卡片，不僅是研究的備忘錄，同時也是報告未來走向的梗概，輕忽不得。

⊃ 如何製作卡片？

由於書目軟體與電腦設備的普及，現在已經愈來愈少人會去製作文獻卡片，然而即便手工式微，其操作的基本原則仍值得我們參照。若只是學期報告的小題目，可以試著模擬抄寫式的卡片練習；但若是大型的學位論文，就完全不建議使用，以電腦化管理將會更有效率。

「古」時候的卡片長怎樣？說「古」其實也沒很古，只是相對於有電腦打字、剪貼、複製等功能以前，文獻的紀錄還很仰賴人工，所以隨手一張的卡片便很適用。目前坊間文具店仍販賣著制式的資料卡，最左側有洞（二孔居多），紙張上方兩側都有格，可寫分類、日期、編號等，中心則是一行行的格線，方便使用者撰寫記錄。

一般而言，卡片內容的紀錄方式純屬個人習慣，但有些基本原則一定要知道，以免走冤枉路，事後找不著。

製作卡片的基本原則有哪些？

1. 記得抄錄文獻的基本資料

這是卡片最核心的精神，舉凡作者、書名或文章名稱、刊登出處、頁碼、出版資料，甚至圖書館藏的索書號等訊息，都是為了方便日後可能的尋找或引用。

2. 分類的進行

卡片第二個核心精神，便是類別的區分。類別設定的主導權在你，隨著資料整理與問題構思的進展，分類可以不斷調整，並利用大、小標來拆解或重構。

3. 徵引資料需加以標註

閱讀時覺得重要的文句，可以簡單抄錄，但一定要加括號或引號以示甄別，免得與自己的文字混在一起，添增抄襲的危險性。很多人都知道不可以抄別人的東西，卻不知不覺在小細節中犯了這個錯誤，譬如寫筆記時未區分自己與原作的語句，日後便容易混為一談，盡覺得是自己的意見。

4. 簡單寫下感想或意見

卡片不僅是資料的整理，也是一種筆記的紀錄，所以要隨時寫下閱讀的心得或疑問，甚至是預計討論的課題、預寫入正文的內容、打算使用的徵引資料等等。

5. 一張卡片只抄錄一種資料或一個想法

製作卡片要盡量留白，絕對不能省成本，以為抄得密密麻麻最好，為了之後訂補或分類的移動，一張卡片最好只抄錄單一的訊息。比方說調查陶淵明的作品，可以依照書寫內容的對象分類，如朋友、親戚、妻子、兒女各為一類，若單張卡片不夠抄錄，還可延伸編號續補。

6. 卡片是一種速記

它不需要整段完整的文字，扼要的簡稱或個人慣用的符號都可以使用，只要自己讀得懂即可。

7. 避免邊讀邊記

製作卡片時，除抄錄重要的原始文句，以方便未來撰寫正文時徵引，否則盡量避免邊看邊寫，自己尚未反芻過的訊息沒必要累贅抄入。

8. 製作好的卡片需要不斷整理、分類

卡片的好處便是一張一個問題，它可以隨著你思緒的變化移動位置，因此好的卡片可以不斷使用，用來擴充自己的資料庫。

書目文獻樣卡 1：圖書類

類別名		編號

一、書目基本訊息
作者，《書名》，出版資訊。
館藏地點、索書號
例：王若葉，《用年表讀通中國文化史》，
臺北：商周出版社，2012。
館藏地／索書號：臺大總圖2F / 630.2 1044

二、內容摘要或閱讀感想
「（原文徵引）」，頁數。

書目文獻樣卡 2：期刊論文，報章雜誌類

類別名		編號

一、書目基本訊息
作者，〈篇名〉，《期刊／論著》，卷／期，頁碼。
例：高橋徹，〈唐代樂安氏研究〉，《學習院史學》，
29期，頁54-70。

二、內容摘要或閱讀感想
「（原文徵引）」，頁數。

書目文獻樣卡 3：網路類

類別名		編號

一、基本資料出處
　　網頁位址 http://
　　擷取日期 2015.3.27

二、內容摘要或閱讀感想

書目文獻樣卡 4：訪談資料類

類別名		編號

一、人物基本資料
　　人名、聯絡方式

二、採訪時間、地點

三、重點記錄

密技　筆記可採速記，使用不完整文句，重點是記下自己的所思所想，避免遺漏。

⊃ 書目管理軟體：EndNote

EndNote 是新式的書目管理軟體，目前已經出到第七版，中文代理商設有 EndNote 中文版的操作手冊，網址為 http://www.sris.com.tw/ser_download.asp，有興趣者可自行察看詳細的功能介紹。

EndNote 的主要功能有三：一、協助文獻收集、匯入；二、個人書目分類、管理；以及三、論文撰寫過程中引用、註釋格式的調整，它是一套全方位協助進行研究的知識管理系統。EndNote 內建有書籍、期刊論文、學位論文、影像與網路資料等撰述格式，使用者可以依照資料類型分類，建立自己的書目資料庫。

1. 個人書目分類、管理

當你輸入文章或書籍的基本資料後，還可以在檔案裡撰寫摘要、筆記，或插入圖表，甚至可將電子全文匯入管理，等於是一座小型的個人讀書庫。

2. 書目文獻收集、匯入

EndNote 可以串連許多重要的線上資料庫，直接進行書目匯入整合的工作，毋須再自行鍵入。換句話說，當你查找資料時，可以將查詢結果直接匯入自己的電腦，建立專屬的圖書資料庫。當圖書資料庫累積到一定數量後，你也可以根據作者、篇名、期刊名等欄位進行內部檢索。

3. 文獻格式整合

EndNote 另一個重要功能是研究者撰寫論文時，可以將筆記或書目格式直接轉入 MS-Word，特別是引用格式，透過自行預設或 EndNote 內建的美國心理學會格式（APA）、現代語言學會格式（MLA）等既定格式轉換，直接輸出自動插入論文。過去惱人的引用格式，現在彈指之間便可輕鬆修改完畢，簡化以前繁瑣的作業。

目前許多大學圖書館都購置 EndNote 軟體，並有相關的教學資料、講授或影片說明，可多加利用，建立自己專屬的圖書資料庫，將報告或論文的寫作流程化繁為簡。

> **密技** EndNote 目前尚無中文介面，雖可輸入中文，書目格式卻以西文為預設主體，所以最好將中西文的資料分別建檔，以免格式錯亂。

形式功能檢查表二、確認你的資料蒐集是否符合下列條件：

確認項目	○	×
1. 除了電腦檢索，你是否到圖書館實地查訪？		
2. 有無找到足以信賴且關鍵的參考資料？		
3. 蒐集的資料能否回應你的問題意識？		
4. 你做好相關的閱讀筆記了嗎？		
5. 你能超越這些研究，找出自己的立足點嗎？		

5

打造根基的提綱研擬

5.1　什麼是提綱？

5.2　從筆記到綱要

5.3　問題的拆解與重組

5.4　設計全文的論題

5.5　突出自己的論點

思想雖然沒有實體，也要有個支點，一失去支點它就開始亂滾，一團糟地圍著自己轉。

——茨威格

　　經由題目方向的確立和廣泛資料的蒐集，你的報告已經有了大致的雛形架構。接下來需要將這些散枝雜葉組織起來，藉由提綱的凝鍊撰寫，再度整理思緒，釐清問題的層次，並思考如何進行有效地討論，以便完成一篇具有論述深度、結構嚴謹的研究報告。

5.1 什麼是提綱？

俗話說：「好的開始是成功的一半。」這句話套用在撰寫報告，更是貼切不過。好的研究報告，必定有一份好的提綱，二者相輔相成才有可能寫出令人信服的優質文章。

然而，什麼是「提綱」？

「提綱」，通常也稱為「大綱」或「綱要」，相當於一篇報告的梗概輪廓，濃縮整篇文章的論旨提要，就好比建房子之前，得先備有一份設計藍圖，有了這份計畫草稿，才能預覽未來完工的樣貌。

一般而言，提綱多採用條列的形式，但並不是要像流水帳不分輕重緩急，試圖羅列或含括已知的所有訊息，而是經過慎思、篩選，利用階梯分層式的歸納、統整，規劃、預擬討論的重點與項目。

如果說題目是劃定文章討論範圍的工具，那麼提綱便是協助凝聚論述主軸的指標。透過與主題對應的提綱，凸顯作者的核心論點，建立出嚴密的思考主軸，展現文章條理分明的陳述路徑。因此提綱的研擬等同於報告的指示燈，引導文章的分析走向，也

是執筆書寫的重要依據。

　　大家應該都有寫作文的經驗，有些老師希望學生在動筆前先快速預擬每段內容、簡短摘要或列上方向，只要自己了然於心即可。提綱有點類似這種簡單明瞭的速寫筆法，只是架構比作文來得大，更強調問題、資料、寫作三者的通盤掌握，勢必得藉由清明的思考醞釀，一層層推進報告的深度。

⊃ 常見的提綱形式

例一、中式寫法：

```
論文題目
一、一級標題
    1. 二級標題
        1.1 三級標題
    2. 二級標題
        2.1 三級標題
二、一級標題
    1. 二級標題
        1.1 三級標題
    2. 二級標題
        2.1 三級標題
```

例二、中式寫法：

論文題目

一、一級標題

    1. 二級標題

      (1) 三級標題

    2. 二級標題

      (1) 三級標題

二、一級標題

    1. 二級標題

      (1) 三級標題

    2. 二級標題

      (1) 三級標題

例三、西式寫法：

論文題目

Ⅰ. 一級標題

    A. 二級標題

      1. 三級標題

Ⅱ. 一級標題

    A. 二級標題

     1. 三級標題

  Ⅲ. 一級標題

    A. 二級標題

     1. 三級標題

例四、西式寫法：

論文題目

1. 一級標題

  1.1. 二級標題

   1.1.1 三級標題

2. 一級標題

  2.1. 二級標題

   2.1.1 三級標題

3. 一級標題

  3.1 二級標題

   3.1.1 三級標題

  提綱的書寫形式，大致採取樹枝狀分層延展的形態出現。為清楚呈現其分層樣式，可透過標號與排版的設計，來表示彼此的層級與隸屬關係。也可利用 MS-Word 軟體來書寫，其內建有「大

綱模式」，或參酌選用「項目符號及編號」自行設定。有條不紊的分層形式，既方便撰寫者彙整思緒，也能協助閱讀者更迅速掌握作者的文章思路。

記得我讀碩士班的時候，由於畢業學分要求較少，每學期修習的課程並不多，但期末報告的份量相對就較重，即使同樣跟大學一樣要求 5,000 字，文字所蘊含的思考質量與知識密度完全無法相提並論。

有時為了加強我們的寫作能力，老師會要求期末前先交一份報告計畫書，並附上完整的題目、前言與大綱。

通常老師從繳交的提綱，大致就能掌握每位同學報告進行的狀況，除了提點學生需要修訂的地方，也會眉批給予建議。這是非常有幫助的寫作訓練，而且經過微調磨合後的大綱舉要，也將會更扣緊主題，引導思路的推衍鋪陳，對於正文的書寫將起一定的作用。

學界約定成俗的標號順序：中文標題以「壹、一、（一）、1. (1) a. (a)」排序；英文則為「Ⅰ. A. (A) 1. (1) a. (a)」為序。

⊃ 擬寫提綱的要領

1. 扣合主題，提綱挈領

提綱目的在於凝鍊論旨，讓內容結構都能緊實聚焦，回應主題。

2. 綱舉目張，層次分明

研擬提綱應環環相扣，井然有序，能關照到討論的各個面向，也能條理分明地呼應前後，並引導文章的流暢銜接。

3. 突出論點，展現自我

設計提綱時應考慮自我創見、論點為何，在既有研究成果中如何與眾不同，超乎前人。

4. 排比句法，講求對稱

好的提綱將是往後內文的章節標題，需要注意遣詞用字，建議採用較具排比或對稱的文字，顯現整齊均衡的明快語感。

5. 措辭精確，概括討論

提綱要能含括每段內文的精華，應注意文字涵攝的範圍是否

妥當，有無偏離題旨。

密
技

在 MS-Word 軟體裡，大綱模式可從上方「檢視（V）」的下拉選單中找到；若在標準模式裡則可從「格式（O）」（或「常用」）下拉選單中之「項目符號及編號」，並從其大綱編號中自由挑選樣式。

5.2 從筆記到綱要

　　從尋找題目、搜索資料到信手筆記，理論上應該對這個課題已有一定程度的認識，也了解到問題大致的範圍、內容、可能遭遇的困難以及解決的途徑等等。這個時候為統整對問題的掌握度，有必要暫停手邊的閱讀工作，沉澱一下思緒，回過頭重新整理與歸納現有的筆記，並著手預擬報告的寫作大綱。

⊃ 從筆記到綱要，變身三步驟

第一步：知識定位，了解自己目前所處的位置

　　比方已經蒐集到的資料大概有多少，已經研讀了多少，還有多少沒閱讀，或是待查未定者尚有多少，稍微檢查現有的工作進度，知道自己對問題的把握程度。

第二步：去蕪存菁，整理自己的筆記

　　在既有的閱讀筆記中尋找脈絡，並加以分類，刪除不必要的枝節，精簡項目的類別。蒐集到的資料不見得每篇都能使用，作

者的問題意識、詮釋方法，不一定與自己相同，適度地「裁剪」
非常重要，也避免筆記冗雜、論點分散的毛病。

第三步：大刀闊斧，勇敢勾勒藍圖

去除不必要的筆記項目之後，根據對問題的認識，重新組織、
分類，按照自己想要的邏輯順序排列。這個過程需要花費的時間
較長，千萬不要急著完成，試著用各式各樣不同的角度去觀察：
哪種排序可以讓類別的內在連結性最強、哪種能合理包覆自己想
要討論的議題、哪種又最能凸顯自己的論點等等。嘗試使用各種
排列組合，任意移動筆記中的分類項目，直到自己滿意為止。

⊃ 便利貼提綱整理法

實際的操作技巧，推薦大家可以試試看便利貼的提綱整理
法。

所謂便利貼整理法，基本上便是將腦袋裡的各種想法，寫在
一張張的便利貼上面，一個想法寫一張，然後隨著思緒的進展，
隨意挪移、增刪、整理、排序，最後將相關的便利貼有層次地張
貼成一排，模擬你的報告大綱。這個方法操作簡單，效果也很好，
可以讓原本不成體系的筆記、雜想，歸納排比出有系統的條理。

便利貼整理法的最大優點在於不必借助外力，隨時隨地以自

我思想為主體出發，避免受限於電腦或筆記的寫作格式，而能專注於眼前的工作，減少分心的機會。第二個好處是，所有曾經想過的內容、使用的文字都會留下痕跡，不會因為覆蓋取代而消失。再者，便利貼因易撕易黏，移動方便，分類時可以將屬性相關者貼在一塊，察看邏輯次序的妥切性，不需要的也能隨時拿開。

如果你不習慣便利貼整理法，也可以拿幾張空白大紙，簡單寫出或畫出所有想法，再將相關者併在一起察看，思考哪種組成架構最能凸顯主題。這個過程可能需要重複好幾次，每一張草稿都應保留，一次次地逼近核心，勾出一條論述的主軸。若是你習慣使用電腦也無妨，但千萬要記得每個檔案都應另外存檔，以免因修改更新而找不出之前的舊版。

總而言之，不管你是採用便利貼整理法，還是傳統的書寫工具，或是最新科技的 3C 產品，道理都是一脈相承，毋須拘泥於某一種形式。只要能讓你順利、流暢地進行工作，便是最適合且最好的方法。

這個將筆記變身為大綱的技巧，並非一蹴可幾，但隨著多次的寫作練習，會愈來愈熟稔，逐漸內化成思考行為的一部分，往後便毋須如此大費周章。此外，在這個階段建議使用簡單的文字表述，關鍵詞彙或隻字片語都行，先抓出報告主軸，梳順問題的思考脈絡，完整的文句可待日後修飾、補充。

寫報告

尋找題目	好題目	構思線索	放大縮小	下標題		
蒐集資料	從哪找？	圖書館	資料可信度	找、讀、記	作筆記	
擬寫提綱	定義提綱	筆記→提綱	拆解重組	中心主題	自己的觀點	
初稿寫作	格式	文字風格	前言	正文	結論	
引用與註釋	風險	引＋註	撮要、意譯、引述	抄襲	註釋三法	參考文獻
修潤與校對	題目＋頭尾	內文邏輯	次序＋圖	出處＋校對	署名	
其他	報告是什麼	組成要素	自我提升	評改角度	心理因素	

便利貼題綱整理法

何寫好報告
密
技

整理筆記的訊息與類別,將性質相關者歸納成一類,並依照其與問題的「親疏遠近」,模擬 5.1 的樹枝狀標題排放。最理想的狀態是,原本筆記的大類別將成為第一級標題,當中的細項則為第二級標題,細項中的子目或可成第三級標題,或第二級標題下的內容。

我

5.3　問題的拆解與重組

　　撰寫提綱的潛規則，便是能對問題進行拆解與重組，透過細項的支解，幫讀者更清楚問題的內容、相關環節與進一步延伸的議題。

　　不過，好的研究報告並不只是將問題支解開來，更重要的是反過頭來還能重新構組成一個有意義的知識版圖。換句話說，不會拆解過後只變成瑣碎的斷簡殘編，而是透過這些零件還能重組成新的認識。這也是考驗撰寫者對報告整體狀態的掌控能力，能否順利將問題玩弄於股掌之上。

　　口說無憑，下文將結合 5.2 的「從筆記到綱要」，以實例來說明這個組裝骨架的過程。

　　假設我們要撰寫一篇有關食安問題的報告。經蒐集、閱讀與項目歸納統整後，可以列出「背景」、「事件」、「原因」、「處理經過」、「解決之道」等大類別及相關的細目，詳細如下：

　　一、背景：歷史淵源、公部門怠惰、經濟環境的變化……

　　二、事件：塑化劑、大統混油、頂新劣油、英國藍毒茶、工

業胡椒鹽……

　　三、原因：國家法規、市場機制、消費習慣……

　　四、處理經過：政府部門、媒體輿論、黑心業者、下游店家、消費者……

　　五、解決之道：政府角色、製造商、人民監督、生產履歷……

　　無庸置疑，括號的「背景」、「事件」、「原因」……都可以視為一級標題，冒號後方的個別子項暫時可視為二級標題。然而別忘了，一篇學期報告寫作的時間有限、篇幅也有限，一般規定大約是 3,000-6,000 字左右，也有少數可以寫到 10,000 字。若以最常見的 5,000 字為例，目前羅列的範圍已經過大，有必要稍先裁併。

　　「如何精簡項目呢？每個都是嘔心瀝血的精心設計，缺一不可！」這大概會是用心、努力的學生不約而同的心聲。但是，為了更有效聚焦問題，節省時間、精力，並提升報告品質，該有的剪裁與刪除絕對不能手軟。

　　老師最常也最怕遇到的學生報告，便是長篇大論看不出重點，想要嚴格給分又怕傷害認真卻不著邊際的學生，最後只能給個不上不下的同情分數，聊表心意。當然，這句話並不是教大家滑頭，輕鬆賺點中庸分數就好，而是要取法乎上，努力掙得自己該得的評價。

　　條目裁併的大原則只有一個：「相關者合併，不相關者剔除」。尤其是枝脈重複之處得稍作刪略，以免正式撰寫時疊床架屋，敘述累贅。在整併過程中，也要考慮類目的排列方式，設計文章的「層次感」，安排自己想要的報告風格和寫作重點。

⊃ 何謂文章的「層次感」？

　　簡單來說，就是文章布局的次序，每個標題理應存有內在的邏輯關連，環環相扣、前後呼應。這也是前面所說對問題不僅要拆解也要能組合回去，否則支離破碎也不成一篇有系統的文章。所以在擬列章節的時候，各層級的標題、子項都應強化其內在連結性。層次愈加清楚，章節之間的銜接將更為順暢，也能協助讀者快速掌握文章脈絡。

　　回到剛剛的課題——食安問題的報告。當我們進一步汰選與布局排列之後，草擬的提綱可以簡約成：

> 題目：食安風暴
> 　一、背景原因
> 　　　1. 經濟環境的變化
> 　　　2. 法規跟不上時代
> 　　　3. 黑心製造商

二、發生經過

　　1. 媒體輿論

　　2. 消費者、受害商家

　　3. 製造商

　　4. 政府部門

三、解決之道

　　1. 政府

　　2. 企業

　　3. 人民監督

　　4. 消費自覺

　　當然，這還不是最後定案的章節標題，在這個階段只需要透過「不完整」的名詞或文字交代，簡單記下預計討論的內容即可，無須執著於完美無瑕。如何透過這份簡單提綱，協助自己進入下一階段的初稿寫作才是最終目的。因為就現實而言，標題名稱會隨著實際寫作不斷調修，在初步階段能有個大致方向即可。總之，藉由這兩層提綱的設定與排列，已經大體勾勒出報告的骨架雛形。在進入下一階段的實際寫作前，我們都還有時間跟機會予以調整、修改。

最終精雕細琢後的實際提綱如下：

題目：「食」在難安：臺灣近年來的生活危機

一、前言

二、食安問題的出現背景

　　1. 唯利是圖的業者

　　2. 政府部門的怠惰

　　3. 削價競爭的惡果

三、食安風暴的發生經過

　　1. 政府散漫的危機處理

　　2. 黑心廠商的逃避推諉

　　3. 媒體輿論的抵抗發酵

　　4. 受害民眾的求償無門

四、食品安全的理想追求

　　1. 完善監管體制

　　2. 追蹤生產履歷

　　3. 樹立企業誠信

　　4. 改變消費習慣

五、結論

如何寫好報告

密技

想要順利進行問題的拆解與重組，一定要先熟悉報告題目，並務必記住兩項要訣：

1. 拆解：促使問題切分得更加精細；
2. 重組：能提升問題的意義深度。

5.4 設計全文的論題

　　一篇研究型的報告或論文，絕對不能缺乏它的核心精神——「論題」。

　　關於論題為何，可能很多人感到陌生。

　　簡單來說它就是文章討論的中心主題，卻又不是題目的東西。是不是有些拗口？換個角度思考，題目雖然劃定了討論的範圍與方法，卻未能彰顯作者的切入角度與立場觀點。

　　論題，便是提醒我們撰寫學術文章時，應該陳述、強調的主要概念，以及說明將會如何處理的態度。

　　特別是在報告、論文中，時常會藉助理論分析或別人的研究論點，為能凸顯自我特色，適度地闡述自己的立場與看法，就變得非常重要。比方說要討論非典型的勞工雇用問題，你的論題，也就是你的核心看法可能是「雖然企業有自行聘任人員的權力，仍不該罔顧勞工的權益。」這個立場便是你報告中的論題，顯示你對於這個議題所發表的意見。

　　在正式撰寫一篇論理式的研究報告前，應先仔細思考自己的

論題是什麼。再次強調，論題絕對不等同於題目，一定要先有題目，經過資料蒐集、分析之後，再去凝結、形塑你的觀察與論題。換句話說，題目只是問題範圍的界定，論題才是你對此問題的回覆與看法，同時也是文章的結論。好的論題通常是結構緊密的一句話，代表著文章的中心思想，能統領與貫徹全文，管控內容的布局。因此，確定你的論題，將有助於提綱的鉤沉與指引正文的書寫方向。

⊃ 如何設計好的論題

1. 思考這個論題是否能有效回應你的題目。

2. 你的提綱架構能否支撐、對應你的論題。

3. 撰寫正文時，構思該如何陳述、通貫論題的觀點。

撰寫報告時，應竭盡所能環繞凝鍊的單一論題，周延解釋為何你會產生這個想法，它的思考基礎與理論證據為何。

5.5 突出自己的論點

　　有了論題、確定自己的立場與結論之後，還要記住「突出自己的論點」。論題與論點雖然大同小異，仍是無法直接劃上等號。舉例來說，在非典型勞工雇用的問題中，你站在反對的立場——這是你的論題；但你的論點可以多彩多姿，從政府法規、勞工權益、經濟發展或社會觀感等各種角度著眼。也就是說論點是用來支持、強化你的論題，二者必定有關連性，卻未必是單一的指涉。你的論點形同文章證據，作為闡明論題背後的判斷根據。

　　記得我還就讀大學的時候，每學期的報告總是閉門造車，表面往往還能達到金玉其外，卻因缺乏那臨門的一腳，淪為敗絮其中的遺憾。

　　致命傷便是整篇報告沒有靈魂，缺乏撰寫者自己的論點。

　　你或許會感到疑惑，整篇報告都出於自己的筆下，花了那麼多工夫，怎麼可能會沒有撰寫者的論點？文章理應到處洋溢著作者的觀點，不是嗎？

　　話說得沒錯，但可惜的是，即便都出於自己筆下，卻也有

可能因為參考太多的二手研究，一頭栽進茫茫書海，難以發出自己的聲音。又或者引用過多他人的論述，以致於遮掩住自己的意見，模糊了撰寫者的身影。

通常尚未接受過嚴格學術寫作訓練的學生，很容易寫出張家長李家短的拼湊大雜燴，通篇不見撰寫者的個人論點。原因可能是時間太趕，對報告的議題過於陌生，來不及醞釀思緒便草草結束；也有可能是因為參考二手研究，一味地被對方論點牽著鼻子走；更有可能是根本沒意識到這個問題，以為東拼西湊之後，便自然而然能代表自己發聲。許多學生太習慣被動地接受知識，久而久之常忘了要宣示主見。這個傳統的學習弊病很容易反映到報告寫作。

我記得大三修習「西洋史學史」時，教授有一次在課堂上感慨地說：「臺灣學生寫的報告非常無趣，若是問贊成左派還右派，絕大多數學生會寫出個中間派的答案。」好聽一點是說學生們處世都秉持著中庸之道，不偏不倚；難聽一點就是大部分的學生根本沒有主見，不敢大聲說出自己的看法。

然而進入大學，尤其是研究所之後，你會赫然發現，教授們最想要的並不是你的認同或順從，而是學生經過思考後的反駁與論辯。研究型報告更是如此，老師希望看到的是每一位學生信心滿滿、振振有詞地表述自我意見，當中的論理是否到位、缺漏，

還是強詞奪理，反倒都是其次，重點是學生思辨後的成長。

因此為了避免通篇報告都是引述或重複他人的意見，從選題、蒐集到撰寫過程都必須不斷地提醒自己：

屬於我個人的觀點、創見到底在哪裡？

唯有在各個階段都念茲在茲，大膽凸顯自己獨特的論點，才能突破前人的重重包圍，散發出個人的特殊魅力。

密技　不妨捫心自問預計寫的報告內容，與其他讀過的資料最大不同在哪裡？這個不同便是你的創意、你的論點。

形式功能檢查表三、確認你的報告提綱是否符合下列條件：

確認項目	○	×
1. 你的大綱是否扣合主題，能夠提綱挈領？		
2. 提綱設計能否呈現層次分明的排列？		
3. 你是否想好報告的論題了？		
4. 有無突出你的獨特論點？		
5. 擬寫的提綱是否符合格式規範？		

6

從無到有的初稿寫作

6.1 遵循一定的格式

6.2 嚴謹的文體與文風

6.3 引人入勝的前言

6.4 環環相扣的段落與正文

6.5 鉤玄提要的結論

如果你要寫作，你必須擁有知識、藝術和魔法——文
字音韻的知識、自然不造作的藝術，以及熱愛著讀者
的魔法。

——紀伯倫

　　撰寫報告的第四道手續：「初稿寫作」，是開始進入真正書
寫的階段。在這個階段中，你必須先確認寫作的格式，按照提綱
的章節安排，並參考之前的閱讀筆記，陸續展開論點陳述與問題
思辨的過程。寫作過程需「戒急用忍」，縝密地思考問題，再周
全地剖析、詰問，如實地撰述。因此，反覆地調整、修改都是必
備的功夫，千萬別拖到火燒眉毛才要開始。起草初稿務必牢記兩
個口訣：「引人入勝」和「言之成理」。

6.1　遵循一定的格式

　　學術論文最明顯的特徵，是外貌標準化的制式要求，需遵守相對嚴格的「格式規範」。這也是從外觀分辨報告是否寫得專業、到位的第一判斷。

　　研究報告不同於一般寫作，除了內在寫法的殊異之外，也強調外在範式的一致性。大學新鮮人面對與此前迥異的寫作要求，最感到困惑與無所適從的地方，莫過於對報告的形式、架構一無所知。

　　然而，要改變劣勢並不困難，只要針對自己所修習的課程，調查老師發表的期刊論文或課堂提供的參考閱讀資料，或是該領域著名的學術刊物，了解其「內部行規」的書寫格式，問題就已經解決了大半。剩下的，你只需要遵循格式，依樣畫葫蘆地模仿操作。

　　有些人以為只有學位論文才需要如此講究書寫範式，其實不然，對格式的訓練與要求，要從每學期小型的研究報告做起。所謂一行有一行的行規，簡易判斷論文是否專業，外在的格式首當

其衝。

此外，各個學術領域的論文規範都有一些不同，有的大同小異，有的卻差之千里，中、英文也有不一樣的格式。因此，除掌握基本的核心精神外，也要了解修習課程該領域的論文格式，才能寫出一篇足以入門的行家報告。

⊃ 要去哪尋找合適的論文範本？

在資訊廣泛流通的現代，這個問題很容易解決。

首先搜尋自己系上的網頁。目前很多大學科系和學院都有自己的「學報」，在「投稿須知」或「撰述格式」的欄項，會詳細說明並舉例示範寫作格式。了解自己所屬領域的論文專業格式，是大學時期應有的基本訓練，不妨將其列印之後置於几案時常觀摩。

其次，若是選修外系的課程，特別是領域差異相對較大的學科，則需跨系查詢其期刊論文的特定格式。這個時候你可以參考校內該學科的網站，或是調查一下該領域主流刊物的寫作規範，甚至也可直接於課堂中請問授課教師推薦的期刊格式。

總之，在撰述之初就遵循一定的格式進行，未來修改將事半功倍，省時省力。

比方人文學著名的綜合類論文刊物《漢學研究》，在網頁

便有稿約與撰寫格式，詳可參見網站說明：http://ccs.ncl.edu.tw/
g0107/publish1.aspx

密技　所謂知己知彼，百戰百勝。不妨找篇好的研究報告或論文隨置身旁，有疑問時馬上查閱。有好的作業程序與格式參照，才會有水準之上的精美成果。

6.2　嚴謹的文體與文風

　　報告寫作較容易被人忽略的地方，便是文體與文風的精鍊嚴謹。感覺上似乎作文才會強調文體或文風，譬如抒情文得有抒情文的寫法、記敘文得有記敘文的風格，但書寫報告也要講求文體嗎？

　　沒錯！即使是硬梆梆的期刊論文，也有其既定的文體風格，並非隨情思所至，恣意書寫即可。那麼進一步的問題是，研究報告又屬於哪種文體呢？

　　先舉個簡單的例子作說明：

　A. 好像就快要下雨了。

　B. 從烏雲密布的天空，和除濕機的濕度表顯示，好像就快
　　　要下雨了。

　　你覺得研究報告屬於哪種寫法？哪種比較具有說服力？

　　答案是 B，因為它的判斷是有所根據，提出了兩個觀察事證，來支持自己的說法。反觀 A 就只是單純地陳述個人意見，

談不上論理式寫作。

　　研究型的報告寫作，大體上是以論理式的小論文作為基礎，需秉持嚴謹的寫作態度，重視思辨與議論的展開和敘述，在格套上雖可仿效作文的起、承、轉、合，但具體的章節內容則以講求證據、邏輯推論的風格為主體，要有一分證據才能講一分的話。精湛文筆雖有加分效果，但需長期耕耘，無須急於一時。對學術論文而言，最重要的是將問題講清楚、說明白，寫得通順、不晦澀難讀，無須咬文嚼字追求詞句優美，或講究高潮迭起的情節鋪陳。

⊃ 作文 v.s. 小論文

　　如本書第一章所指出，研究報告的寫作基礎是「小論文」。這個詞彙也許有些同學還不甚清楚，若拿它來跟從小最熟悉的寫作經驗──作文相比，箇中差異一目了然。

　　下方透過簡單的對照表，來說明作文與小論文二者的不同之處。

作文與小論文的對照比較

	作文	小論文
題目	孟姜女	孟姜女
(起) 前言	第一次接觸孟姜女的故事,大概是小學的時候。在懵懵懂懂的年紀,對於孟姜女千里尋夫、哭倒長城的經過,僅當作一則歷史軼事,既不解其悲傷,也未能體悟苛政猛於虎的現實涵義。	關於孟姜女千里尋夫、哭倒長城的情節,大家想必耳熟能詳。
(承) 正文	孟姜女的丈夫因為秦始皇為防堵北方游牧民族南下,被強制徵召到邊地築建長城。在軍事武器尚處於貧乏,只能靠人工防堵的時代,大量役使民眾建築長城來禦邊的策略,並不難理解。	據傳秦始皇徵調全國壯丁修築長城,孟姜女的夫婿也不例外,卻因病亡故,屍骨草埋於長城之下。不相信噩耗的孟姜女跋涉千里,伏牆痛哭,哭倒長城,也終於見到亡夫遺骸。始皇聞訊大為震怒,派人捉拿孟姜女,卻驚為天人,欲納入後宮。孟姜女為保全貞節,投水自盡。
(轉) 正文	不過,作為一位統治者,究竟是為了公眾利益,抑或為滿足個人私慾,而下令執行築城的這件事,頗值得我們思考。秦始皇從更改帝號、封禪到焚書坑儒的一連串舉措,在在說明他意圖將權力集中在自己手上,萬世一系的家天下,才是背後驅使的主要動力。	這段可歌可泣的列女傳奇,在中國歷史上淵遠流傳,故事也從簡單日趨鋪陳與複雜,增添的戲劇張力,凸顯出秦始皇的罪不可赦,以及夫妻情深的真摯。然而,恐怕很多人不知道孟姜女不僅是歷代的共同創作,其本身亦是經「層累造成」,且在它之前,尚有更早的故事原型。疑古派大家顧頡剛還原這段歷史經過,指出其雛形應出自《左傳‧襄公二十九年》的「杞梁妻」。春秋

		齊國的大夫杞梁戰死沙場，國君派人向其遺孀致意而被拒，杞梁妻堅持齊王應依禮親自弔唁。這段佳話後來被加油添醋、「層累造成」，到西漢劉向作《列女傳》時，已加進哭十日、城為之崩的情節。
（合）結論	在廣告創意中，孟姜女能藉由喉糖的幫助，驚天駭地哭倒長城。詼諧逗趣之下，不禁也遙想起古時候的人們，如何以卑微的一己之身，對抗無所不在的強權暴力。那想必是盛朝偉業背後，眾多而難以言盡的枯朽萬骨。	杞梁妻與孟姜女除哭夫、城崩及赴水而死的相同情節外，發生時間、出身背景和社會氛圍大為不同，但在文學的嫁接手法下，早已混為一談。當然，杞梁妻是否就是孟姜女，在沒有更多的證據之下，我們無從判斷，只能知道歷史上確有杞梁妻，而孟姜女也肯定是古代專制政權下枚不勝舉的犧牲者之一。（引自王若葉《用年表讀通中國文化史》，〈從杞梁妻到孟姜女〉條，頁 90-91）

　　從這兩篇主題、內容相仿的短文中，不難看出文章風格截然不同，背後蘊藏的涵義深度亦有差別。同樣講述孟姜女的故事，作文的書寫方式自由而奔放，以自我為本位，無須顧慮太多，將想法如實地記述下來即可。

　　反之，小論文就相對措辭嚴謹而態度沉穩，參考資料也發揮功效，提煉思考的精密度，強化知識供給的訊息。透過這兩則簡單的範例，不難看出從作文過渡到小論文，必然經歷的思想與寫

作改造。

認識報告寫作的基本文體之後，另一個需要注意的重點是：全篇報告文字風格的整齊統一。為何需要特別強調文風的一致性呢？因為研究報告的寫作特別講求嚴謹，與一般感想、日記不同，要盡量避免口語、輕率的言詞，改以深思熟慮、嚴肅的心態來撰寫。

➲ 報告文風的注意事項

1. 用詞嚴謹，忌用潮文

由於當前部落格、臉書寫作的流行，不少人習慣在文章裡雜揉新興的潮文、表情符號、火星文、注音文等等，這些非正規的表述方式，絕對不適用於書寫報告。

2. 使用中性、中立立場的文字表述

特別是關於比較敏感的議題，應有意識地使用不偏頗、客觀性的文字。比如當我們要形容眼睛看不見的人，大家會想到哪些詞彙？「瞎子」、「盲人」、「視障」或「視覺障礙」等等。這些詞彙的內涵差異，撰述者應該心裡先有一把尺，愈中性、照顧層面愈廣，客觀、中庸的雅化詞彙才建議放入研究報告或正式論文。

3. 標點符號也需符合規範，不能濫用或亂用

譬如「～～」、「！！」、「？？」、「！？」之類。雖然讀你報告的人，可能只有老師或助教，但應該有面向廣眾的預想，不要粗率製造一些浮濫或不經的符號效果。

4. 句子之內無需對話

許多同學受到通訊軟體的寫作影響，喜歡用括號來補充說明，如（笑）、（哭）、（暈倒）等等。但好的文章就是要設法將這些所有你想表達的意思，充分有邏輯、條理地陳述，當你還需要結結巴巴額外補充，正說明文字敘述無法對應你的思考，需要再重新斟酌。記得，要設法用一句話將內容說清楚、講明白。

5. 保持嚴肅的心態，言之有物

撰寫一份說理式的研究報告，內容需要有憑有據，謹慎推論，並斟酌用字，以翔實、負責的心情來面對。學期報告是未來進一步深入研究的基礎，其技巧也是多數人將來在職場提案、簡報的吃飯工具，絕對輕忽不得，要學就要學到精髓，展現出專業有術、嚴謹的態度。

6. 避免文白交雜

特別是文史科系由於時常徵引傳統文獻，容易受到古文書寫的影響，咬文嚼字變成一會文言文、一會白話文，風格不甚整齊。

密技 要用不卑不亢、說之以理的嚴肅心情，以及對文章負責的態度來撰寫報告。

6.3 引人入勝的前言

　　一篇組織完整的學術報告，基本上包含三個結構：「前言」、「正文」與「結論」。據傳元朝的士人喬吉（字夢符）曾經說過：「作樂府亦有法，曰鳳頭、曰豬肚、曰豹尾六字是也。大概起要美麗，中要浩蕩，結要響亮，尤貴在首尾貫穿，意思清新。」[1]「鳳頭、豬肚、豹尾」三個寫作技巧，常常也用來教導學生如何撰寫文章。「鳳頭」指開頭要有如鳳凰之首，小而精美、絢爛。「豬肚」，則是要求正文飽滿、豐碩，充實而有內涵。「豹尾」，指文章結尾要簡潔有力，強而有勁。這三項要點，也是現代學術寫作的基本架構。

　　「前言」又可名為「導言」或「引言」，一言以蔽之就是說明如何來「破題」，告訴讀者問題的由來、撰寫者的問題意識，與本文將如何切入討論等概況。換言之，也就是先幫讀者暖身，建立一些討論的背景基礎，好讓讀者進入狀況，粗略了解課題的

---

1 語見〔元〕陶宗儀等編，《南村輟耕錄》（北京：中華書局，1959），卷8，〈作今樂府法〉，頁103。

緣由、文章的架構及其在學術光譜上的意義。

　　一般來說，前言相對講究布局、鋪陳的寫作手法，作者必須先對問題與全文走向有完整的把握，才能妥切地建構一個討論氛圍，引導讀者後續的閱覽興趣。更簡白地說，前言宛如樂曲的前奏，要能引人入勝；又要像街頭畫家，兩三筆就能迅速勾勒出大體輪廓，而不會讓人霧裡看花，無所適從。

　　以《用年表讀通中國文化史》近現代卷的第一則〈沉睡的巨龍〉為例：

　　　　沉睡的巨龍，向來是一般人對前近代中國的刻板印象，彷彿是在鴉片戰爭的船堅砲利下，才終於敲醒這隻懵懂酣睡的巨龍。這般比喻不無道理，卻也得持保留態度。從歷史發展來看，明末清初的中國在經濟、社會與文化方面都有許多突破性發展，興盛的商品經濟、市鎮發達，以及哲學思想的轉變、文學解放、發達的城市文化等等，都是對舊禮教、傳統的顛覆「革命」。只是這些稚嫩新芽尚未得到充分成長，便在滿人入關的恐怖統治下被迫夭折。至於明清之際不少傳教士帶來先進西學，礙於羅馬教廷態度以及清朝皇帝、士大夫的反教，終只是曇花一現，未能激起更多文明火花。換言之，若中國真有「睡著」，恐怕時間也

未如想像中的「久」，卻恰巧錯過了近代西方世界崛起的
列車。[2]

　　本則開卷文字，先以有趣的標題吸引讀者注意，再扼要勾點
中國近現代史的背景特色，並在最後提出作者的觀察，帶出本卷
後續意欲討論的課題。從〈沉睡的巨龍〉短文為例，不難看出開
頭的前言必須具備三個條件：引人入勝、說明問題與提綱挈領，
為下面論述的開展先作預備。這也是前言最需精心設計的地方。

　　由於前言必須承擔如此之重責大任，又是判斷文章好壞的第
一印象，通常若是思緒、結構尚未清楚前，一般會建議不妨暫時
擱置，先從正文寫起。不過暫時略過前言，並非就要你完全無視
其存在，而是在撰寫正文的同時，不斷思索該如何布局、開展議
題。隨著正文架構的逐漸清晰，問題走向與思路也日益明朗，到
時再回頭重新書寫前言，絕對會比最原始的想法更來得成熟、有
條理。

⊃ 前言三部曲

1. 引人入勝

好的報告就跟電影一樣，開頭要吊人胃口、引發讀者興趣，

---

2 王若葉，《用年表讀通中國文化史》（臺北：商周出版，2012），頁294。

也許是以讓人意想不到的事件，或是一則小故事切入，效果都出奇驚人。當然這跟題目選擇與內容安排有關，有時礙於現實也無法強求，不過就算平鋪直述，也要設法找出本文章最奪目的亮點放在開首。只要是你的課題重要、問題有意義或分析得頭頭是道，都能吸引住讀者的眼球。

2. 說明問題

告訴讀者為何要選擇這個問題、為何要寫這篇報告。你必須假設讀者對此課題一無所知，為了讓他們認識、理解問題的重要性與探討的意義，必須適時地說明題目的背景，以及你所發現的疑惑。有時好的發問也是引發讀者產生興趣或共鳴的方法。

3. 提綱挈領

前言另一個重要功用，在於介紹全篇文章的架構，作者如何對自己提出的課題進行申論、拆解與重構。特別是篇幅愈長，論述架構愈大，愈需要幫讀者勾勒出梗概，以便對方快速掌握討論的精髓。

密技

撰述前言需要較長時間的醞釀，無須急著下筆，慢工出細活，屢經思緒的沉澱與釐清，才能發揮出人意表的破題力道。

6.4 環環相扣的段落與正文

　　猶如豬肚的「正文」，是整篇報告的主體，大部分的文字都座落於此，作用在於解釋、分析與討論你所提出的問題。由於正文是由許多小段落所共組而成，在討論正文之前，我們得先介紹「段落」的概念。

　　「段落」，就如同一篇小論文的微縮版，同樣需要有「頭」、「身」、「尾」三個部分。這裡的「頭」已不是報告的前言，而是擔負本段「起、承」的功能，也許是前段的接續，也可能是另闢新局，點出本段文字的重點。「身」，就如同正文一般，是進一步解釋前面的「頭」，論辯、分析都在此進行。「尾」，一般人最容易忽略，不知道原來段落還需要小的結語，特別是對文字掌握還不夠熟練，或議題枝節過於複雜時，在段落結尾處給予一兩句簡單的摘要整理十分重要。

　　當然在具體施行上，不必刻意套用模式，如同寫作文一般，可以自由地調整「頭」、「身」、「尾」的順位，只要確切記得包含這三個元素。

段落同時也是一個獨立的整體概念，換句話說，它整段應該有一個清楚的核心議題，在段落之內的文句，彼此相互關連，具有語意先後的邏輯承繼。此外，段落與段落之間，也應該層次分明，有思想的連貫。總之，透過各個獨立的小段落，以及共同組織起來的大段落或章節，就能串連出一篇井然有序、結構嚴謹的學術報告。

⊃ 開宗明義的主題句

書寫段落有一個非常重要的技巧，即「主題句」（topic sentence）的設計。主題句多出現在英文寫作，常擺放於段落之首或結尾之處，用來提示當段論述的要旨。英文學術寫作較之中文，更強調上下文的脈絡聯繫，因此透過主題句的設計，不僅能帶引讀者快速掌握陳述要點，也能讓撰寫者書寫時思緒不跳躍，循序漸進地鋪陳與論證。

不過，究竟什麼才是「主題句」呢？

主題句基本上就是段落的中心思想，能引領後面文句的開展。它能帶出整段的敘述要點，所以通常會放在句子的開頭或靠近前面的部分。但這也不是必然的條件，有時為了承先啟後，或調整論述的輕重，主題句移至末尾也時有所見。主題句最重要的功用，在於提醒我們每個段落都該有個主旨，環繞一個中心進行

討論，回應襯托你的題目，以免寫作時天馬行空，偏離旨趣。

再舉一則〈我以我血薦軒轅〉的短文為例：

受到西力強烈衝擊，晚清知識分子有著明顯的自我認同危機。他們既懷疑傳統文化，也嘗試從歷史瓦礫中尋找適當元素，透過對過去的重構與發明，走向現代國家之林。1901 年，梁啟超在〈中國史敘論〉中寫道：「吾人最慚愧者，莫如我國無國名一事。」這句話對素習中國史或已習慣世界各國名稱的現代人來說，或許頗覺困惑，一個國家怎會沒有國名呢？然則，傳統中國史的確沒有一個貫穿古今的共通國名，頂多只有朝代名，卻找不到類似近代國家的稱號。康有為認為中國「以天下自居，只有朝號而無國號」；梁啟超進一步指出「朝也者，一家之私產也；國也者，人民之公產」。所以在古人的自我稱謂裡，只有「華夏」、「諸夏」、「中國」三者，勉強能視為當時「國族」的象徵符號。

國家、國族無疑都是近代產物，有一定的條件與政治性，更是一種經過人為建構、宣導，而廣為人民接受的「信仰」。在國族建構的過程中，首先關鍵在於確定民族的源頭──始祖人物。晚清知識分子選擇奉遠古傳說中的軒轅

氏，作為漢民族的「始祖」，亦即國族認同的文化符號。一時之間，「炎黃子孫」、「軒轅世冑」的字眼充斥於報章雜誌，魯迅在 1903 年還寫出「我以我血薦軒轅」的熱情詩句。

黃帝究竟是否存在，已是千年不解之謎，卻無礙其作為民族的集體意識、歷史記憶的一部分。歷代政權也亟欲攀附黃帝的政治資源，透過祭拜、謁陵來強化統治合法性。不過，二十世紀的黃帝論述起了急遽變化，從傳統帝王世系的「皇統」脈絡，轉化為中華民族共同始祖的「國統」體系。

在立憲派與革命派的鼓吹、宣傳下，「黃帝熱」席捲全國。這場國族建構的戲碼愈演愈烈，激烈論爭、現實利害與政治角力捲入其中，斷裂、矛盾與排他性卻也逐一浮上檯面。以黃帝為尊的族群認同符號，本身已偏向強調血緣連繫的種族意識，然而中國境內民族雜揉，非我族類的問題難以消解，特別是滿清作為統治者的尷尬角色。所以，我們可以觀察到革命派緊緊抓住炎黃子孫的國族論述，強化內部凝聚，極力排除異己，鼓吹反清。反之，立憲派便左支右絀，很難自圓其說。康有為試圖推舉文化道德性較高的孔子，來取代偏向血統的黃帝角色，卻未能如願。革

命派在贏得政權後，同樣面臨如何解決民族搏塑的困境，不能再講「驅逐韃虜」，改談「五族共和」，黃帝也就變成「中華民族」的共同始祖。

在晚清的國族建構過程中，黃帝是一個從歷史塵埃中被重新發掘且「發明」的文化符號，同時也是一記強而有力的政治籌碼。這個政治符碼至今仍被許多人有意識或無意識地引用，人們唯有提高自我警覺，才能有效「破除」炎黃子孫的神話，脫離有心人的刻意操弄。[3]

在這篇小文章，每段的首句都是一個完整的主題句。若將它們全部挑出來，重新排列組合，亦是一則頭、身、尾俱全的小段落，前後的文意也能承接連貫，例如：

段落	主題句
頭	受到西力強烈衝擊，晚清知識分子有著明顯的自我認同危機。
身	然而國家、國族無疑都是近代產物，有一定的條件與政治性，更是一種經過人為建構、宣導，而廣為人民接受的「信仰」。黃帝究竟是否存在，已是千年不解之謎，卻無礙其作為民族的集體意識、歷史記憶的一部分。在晚清立憲派與革命派的鼓吹、宣傳下，「黃帝熱」席捲全國。
尾	這段國族建構過程中，黃帝是一個從歷史塵埃中被重新發掘且「發明」的文化符號，同時也是一記強而有力的政治籌碼。

---

3 王若葉，《用年表讀通中國文化史》，頁312。

這種主題句的書寫技巧經常見於英語著作，亦是閱讀外文書籍精準掌握內文涵義的小竅門。

了解段落是什麼之後，再來談談由許多段落構組而成的「正文」，又該長什麼模樣？

「正文」是支撐報告論述的核心，由許多的小段落所組成，為了有條不紊展現作者分析、推理的過程，段落之間也應有機地組合、首尾連貫。幾個相互關連的小段落可以構成較大的段落，若篇幅較長，且論點集中，亦可視為小節，給予小標；若篇幅不長，則至少需有文意前後的接續關係。換句話說，理想上段落之間應呈現前後語意相承的層遞連結。

在具體操作上，初學者應試著先透過提綱，粗略標明各章節與段落的草稿，亦即預計寫入的重點，若能區分更精細，表示思考理路清楚，未來撰述正文相對簡易。

施行時建議大家一開始不要太追求完美，力求所有段落皆能承上啟下，應先挑幾個大段落試驗，先讓當中的小段落彼此緊密扣合，再透過分層的章節標題安排，完成一篇大致條理分明的理想報告。

⊃ 好的正文應符合下列幾個條件

1. 論點明確、言有所據

討論的問題焦點鮮明，能夠讓讀者清楚了解作者所提出的疑問，以及意圖展開的陳述和分析。好的學術寫作除論點明確外，同時也需兼顧言之有據，不是個人的一家之言或者是道聽途說，而是有憑有據，言之成理且論證堅實的文章。

2. 層次井然、邏輯清楚

正文係由許多小段落拼組而成，若篇幅太長，應適當給予章節小標，讓讀者更容易掌握作者的論述與思考程序。此外，章節小標也同樣帶給作者便利，無形中加強了文章的內在邏輯，對於實際撰述也有緊實論點的功用。

3. 文詞通順、連結緊密

如前節討論文風、文體時所提到，報告文字以通順為主，不講求美辭修飾，能將事情說清楚最重要。其次，篇幅較長的正文，通常較難一氣呵成，分別撰述時莫忘與前後段、章節，甚至主題之間的呼應。切莫顧此失彼愈寫愈偏，忽略其與主題之間的連結，所以不斷回頭檢視和章節、主題間的銜接關係相當重要。

密技

藉由草擬的提綱，緊密安排各個章節的主題句，強化文章內在的邏輯順序。

⊃ 問題—主張—支撐—推論的論證四部曲

認識段落與正文之後，論理式文章還有一個非常重要的書寫特色，亦即「論證四部曲」：從提出問題、宣示主張、證據支撐到意見推論的過程。

很多人對於何謂論理式的寫作，常感到陌生與困惑，往往只做到發掘問題、蒐集資料與起草報告的工作之後，便戛然而止，欠缺達陣的臨門一腳。如果我們只是按照閱讀發現與提綱擬寫的設計，一一帶入相關訊息，而無抒發個人的獨特見解和支撐論據，這篇報告將只會停留在彙整資料的階段，談不上是專業的分析論文。究其原因，在於缺乏完善穩妥的論證，使得研究報告淪為二手資料的堆砌，無法起到有效宣稱個人意見的功用。鑑於此，希望透過論證四步驟的解析，讓大家更熟悉學術報告的寫作手法。

論證的第一步是提出問題，根據你的問題意識，結合蒐集、閱讀既有研究的發現，擬塑一個值得探究的課題。

其次，宣稱你的主張，亦即回應問題的意見、看法。是以，主張必須扣合題旨，絕不能答非所問，或曖昧迴避。

其三，則是支撐主張的證據。你的主張是否有效，取決於證據有多少，能否說服讀者。

　　最後，即是推論過程是否審慎精實，導引出你所想要的結果。同樣的事證基於不同的視角、解讀，可能導出歧異的結果，為避免解釋多元化，推論步驟必須妥善紮實，讓人看不出瑕疵。

　　以下徵引《用年表讀通中國文化史》代結語〈變動的歷史〉為例說明：

古人常言「蓋棺論定」，然而如今的歷史學則要告訴我們，即便是逝去的過往雲煙，猶未能輕言論斷。隨著資料、視角的不同，歷史依然活生生地不斷變動著。歷史教科書往往給人一成不變的印象，但真正的史學家是在證據中尋找創意，顛覆既有的知識架構，重新塑造更周全、寫實的歷史圖像。在這個過程中，舊的知識框架不斷被拿來比對、批判，同時卻也是檢視新知合理與否的基礎。二者相輔相成，無論是延續或擴充，還是修改或取代，日新月異的歷史學早已勢不可擋。

二十世紀英國史家卡爾（Edward Hallett Carr, 1892-1982）指出：「歷史是歷史家和事實之間不斷交互作用的過程，現在和過去之間無終止的對話。」正因這個永無終止的對話，讓當前歷史學活力四射，「萬象更新」。然而也別忘了，歷史是一場披沙揀金的過程，篩漏的遠比撿起來的

多。換言之,歷史的真相不僅是拼湊的,而且是從少之又少的訊息中揀選得來的。史學家只能憑藉眼前所見有限且零星的線索,去琢磨、建構相對合理的歷史「想像」。因此,肯定沒有百分百的歷史真實,大家只是朝著真相的未知路上匍匐前進。[4]

若我們將這兩段文字拆開節略如下,即可觀摩論證的過程:

論證四部曲	過程
問題	變動的歷史
主張	古人常言「蓋棺論定」,然而如今的歷史學則要告訴我們,即便是逝去的過往雲煙,猶未能輕言論斷。隨著資料、視角的不同,歷史依然活生生地不斷變動著。
支撐一	二十世紀英國史家卡爾(Edward Hallett Carr, 1892-1982)指出:「歷史是歷史家和事實之間不斷交互作用的過程,現在和過去之間無終止的對話。」
支撐二	歷史是一場披沙揀金的過程,篩漏的遠比撿起來的多。換言之,歷史的真相不僅是拼湊的,而且是從少之又少的訊息中揀選得來的。
推論	史學家只能憑藉眼前所見有限且零星的線索,去琢磨、建構相對合理的歷史「想像」。因此,肯定沒有百分百的歷史真實,大家只是朝著真相的未知路上匍匐前進。

4 王若葉,《用年表讀通中國文化史》,頁341。

　　理論上，問題、主張、支撐、推論，各個環節都應緊密扣合，提升其論證效力。支撐的證據也有強弱之分，將會影響到主張的穩固性。比方上文的支撐一，援引著名史家為例較具說服力，也能映襯主張所強調的歷史變動性。支撐二則是作者自身的理解，作為專業歷史學研究者，這套說詞雖有一定效力，卻囿於主觀，解釋力道不如支撐一來得強。最後的推論，也就是整個論證過程的結語，扣緊自己的主張，再次回應對問題的看法。

 成功的研究型報告，一定免不了論證四部曲，有堅實的論證程序，才能從資料彙整提升至探究知識的境界。

6.5 鉤玄提要的結論

　　若依元人喬吉的樂府作法，結論要像「豹尾」一樣，強而有力。過去我們寫作文的時候，結論指的就是起、承、轉、合中「合」的部分。根據這兩種說法，可以知道結論的精神，便是要能精簡，又要能綜合。而我個人更愛以「鉤玄提要」一詞，來概括結論所需要的技巧。

　　何謂「鉤玄提要」？提要就無庸贅言了，重點還在於鉤玄，能挖掘拾遺文章未發的玄奧妙處。

　　關於報告的結尾，一般常見的格套大致包含兩個部分：一、先回顧文章的主要觀點；二、定位自己的研究價值，解決了或還留下哪些問題，未來研究有什麼值得繼續深入的部分等等。若是能進一步探賾索隱，將自己的題目扣在更具意義、大視野議題的關懷脈絡，便能昇華研究意義，引發讀者共鳴。此外，在結論中最忌諱出現前面未曾提過的新觀點，容易混淆讀者視聽，故應確保所有文字都能指向正文，回應主旨。

　　以《用年表讀通中國文化史》第四部分近世卷（宋元）最末

一則的〈中國近世的挫敗？〉為例，其言：

> 中國經唐宋變革後，走出中古邁向近世，按理說往後發展應如西歐，逐步朝向近代歷史的進程；可惜事與願違，中國歷史並非如此。對此學者十分好奇，畢竟宋代經濟、社會、文化都已產生質變，商品經濟、城市發展、工商業發達、庶民文化等因子，都是資本主義萌芽的契機，為何中國卻無按理出牌呢？
>
> 〔中略〕
>
> 總之，征服王朝介入中原歷史以後，對中國近世經濟社會確實產生一些負面衝擊，但整體來看，中原文化仍有其自身的發展軌跡，並未完全因金元統治而「面目全非」。資本主義何以未在宋元之際萌芽、明清君主專制及社會文化閉鎖化等問題，或許不能只從征服王朝介入的單一視角來考察，應該擴展至中原文化的自身基調，以及明太祖時期所制訂的政策等面向，才能對宋元明歷史發展的連續與斷裂，有更完整且清晰的圖像。[5]

---

5 王若葉，《用年表讀通中國文化史》，頁235-236。

以〈中國近世的挫敗？〉為題的考量便在於承先啟後，它要能綜述近世卷的討論重點，也需引領揭示下一章前近代卷（明清）的序幕。若把它視為單純的結論看待，其符合上述的幾個要素：歸結摘要、自我定位與意義凝鍊。特別是拉高問題的思考層級，建議從更寬廣的角度觀察，是撰寫結論必備的一種訣竅。

◑ 結論三竅門

1. 總結定位

結論的最大功用，便是彙整全篇討論的要旨。特別是在什麼都講究速成的時代，很多讀者傾向先翻閱結語，再評斷文章價值，所以為避免自己精心撰寫的報告不受青睞，適當地回顧全文要旨是必備的條件。

然而，你也要牢記，結論並不是死板的摘要，而是要能從前言的問題出發，結合內文豐富的分析成果，抽離實相的具體討論，重新歸納的整合圖像。換言之，這時你需要賦予這個題目新的生命意義，以定位自己的研究價值。

2. 首尾呼應

撰寫結論另一個注意事項就是首尾是否呼應到位？即使是學術研究的老手，也會因為思緒的反覆、延伸而不知不覺走上「歧

路」。因此，若能在結尾再度回應一開始自己預設的問題，便能適時修正錯誤。

另外，在結論的部分，你也可以冷靜思考一下：自己是否真的有效回答了這個問題？撇開正文諸番的辯證、推理，自己提出的觀察結果是否真的站得住腳？若有不足，也要給予解釋、說明，畢竟你的讀者讀完後可能會問「so what?」「那又怎樣？」若不試圖加強、捍衛自己的論點，很有可能導致讀者以偏蓋全或錯解誤讀。

3. 回味無窮

這點是很多人最容易忽略的地方，理想的結論同時應有餘音繞樑、讓人反覆吟翫的意境。也就是說，你的報告不只停留在精鍊要旨，還要能飛躍、觸及讀者的內心深處，讓他產生共鳴或省思。比較簡單的方式是將問題與社會的普世價值、生命的終極關懷，或個人成長經驗結合，宛如說之以理、動之以情地觸發對方。又或者能超脫報告的主題，導引讀者作更深一層的反思；也可從讀者的角度，協助回答可能有的「那又怎樣」的問題。

不諱言，要達到這個境界著實不易，但若真能讓讀者回味無窮，這篇報告絕對是超乎成功之上。

 何寫好報告

 密技　結論並非三言二語、輕描淡寫的「總之，○○○○」即可。要技巧地嵌入巧思，提升自己報告的價值。

形式功能檢查表四、確認你的報告初稿是否符合下列條件：

確認項目	○	×
1. 初稿寫作是否依循一定的論文格式？		
2. 報告的文體與文風有否一致？		
3. 你的前言有引人入勝的設計嗎？		
4. 正文的段落是否利用主題句來串連？		
5. 結論有否發揮鉤玄提要的作用？		

7

追本溯源的引用、註釋

7.1 巨人肩膀上的高度與風險

7.2 形影不離的引用和註釋

7.3 引用的三種形式：攝要、意譯、引述

7.4 引用≠抄襲

7.5 腳註、隨文註與文末註

7.6 參考文獻與參考書目

正確性是科學家的道德規範。

——懷特海

　　撰寫初稿的同時，還必須注意引用與註釋的格式。這也是一般文章寫作與學術報告最大不同之處。學術論文雖要求論點的原創性，但更講究信而有徵，論斷有據，即便是重複前人的說法，卻也不得抄襲剽竊、假造謊稱，或是印象式地籠統概括。由於學術文章講求證據，如何恰當地註釋說明引用資料，便成為初學者必須嚴肅以對、耐心演練的重要步驟。

7.1 巨人肩膀上的高度與風險

　　撰寫一份完整的研究報告，事前必須廣泛蒐集既有的相關研究，資料可能來自期刊論文、專書著作或報章雜誌等等。

　　我們可以先透過便捷的網際網路大致掌握此一課題的相關討論，再到圖書館或使用校園 VPN 進入專業資料庫查詢，補充 google 或其他搜尋引擎找不到的文章。下一步則是要到圖書館實際找出這些文章，依其重要性或複印瀏覽或摘錄筆記，經由批判性思考的閱讀過程，逐漸形成自己對此一問題的認識與想法。

　　在這些蒐集、閱讀、筆記與批判的過程裡，必須充分掌握既有的研究成果，同時也需在腦中不斷與這些文章進行辯駁、攻訐，找出其弱點與缺陷，試圖以子之矛，攻子之盾。

　　前人的研究成果固然可以協助發現並擴大關懷的問題面向，但同時也是撰寫報告時的強勁論敵，如果無法站在他們的肩膀上鳥瞰，很容易淪為附和、追隨的應聲蟲，繼續重複巨人的論點罷了。因此，閱讀二手文獻時，千萬別忘了持續與之對話、思辨，從其論述的夾縫中尋求自我生路，才能完成一份成功的報告。這

種反覆上演「絕地逢生」的劇碼，大概也是所有研究生必經的學習歷程。

　　站在前人的肩膀上往前看，可以開闊自己的眼界，並將觸角伸入各個原本可能不熟悉也沒想到的領域，深化對此一課題的認知；但是相對地，一旦眼前矗立著功力高深的資深前輩，想超越他們的論點提出更完善、精緻的解釋，困難度相對提高很多。畢竟他們擁有豐富的經驗，經其努力挖掘所得之發現，很多時候並不那麼容易推翻，尤其只是一篇小規模的學期報告，要站在前人肩膀上進一步發言，究實來說，也許並不那麼容易。更甚者，有些學生竟不知不覺中，或畫虎不成反類犬，或潛移默化，一不小心便可能觸犯寫報告最大的禁忌——抄襲，亦即所謂的剽竊。

　　為了防止出現抄襲的嫌疑，杜絕的最佳策略便是熟悉各種引用方式，從概念的界定到實務的操作，只要確實執行，便能遠離禍患。

密技　對待二手研究要保持警覺心，既要站在巨人的肩膀上，也要隨時與之對話、論辯，攻其不備之處。

7.2 形影不離的引用和註釋

　　也許你曾聽過一句話：「天下論文一大抄」；或是美國參議員葛倫（John H. Glenn）所言：「如果抄襲一個人的作品，那是剽竊；如果抄襲十個人的作品，那是做研究工作；如果抄襲一百個人的作品，那就可成為學者。」[1]

　　從人類歷史演進的角度來看，所有的發明一定前有所承，彷彿太陽底下並無新鮮事。然而，學術工作真的是天下一大抄嗎？其實未必，前有所承，並不代表是抄襲或剽竊他人智慧，從傳統學術的經典注疏到現代研究的註釋格式，無一不強調誠實與嚴謹。尤其在電腦化的時代裡，「抄襲」已變得無所遁形。由此來看，葛倫的戲謔之語，印證了參考資料的重要，愈是術業有成的研究者，愈需了解更廣泛領域的知識，但這並不意味參考就是抄襲。

　　學術寫作是嚴謹的，講求憑據，有一分證據才能說一分話。它同時也講究誠信與開放性，任何言論都要經得起他人重新驗

---

[1] 聞見思，〈談抄襲〉，《中央日報》，1981年3月28日，第12版。

證、核實,因此所有徵引的文獻都必須詳細交代來源。即便你的報告並無引用二手研究,只使用第一手的原始材料,也必須完整交代這些資料的出處,透過徵引、附註的工具,提供讀者找回原典,核對判別原文的脈絡。

談到徵引文獻之前,有必要先對何謂「引用」進行說明。

⊃ 什麼是「引用文獻」?

凡是徵引他人撰寫的資料,或非自己原創的論點文字,基本上都得加註說明,以示無剽竊他人成果之意圖。也就是說,要尊重對方的智慧財產權,不踐踏別人的著作權,無論對方是否知曉、同意,對於別人的心血結晶,都應給予尊重。換言之,只要是從其他文獻所擷取出的訊息,不論是原文重現或摘錄改寫,一定要註明出處,且若有援引原文就必須加引號標示,以別於自己的文字敘述。

⊃ 什麼情況需要「引用」?

1. 援引他人說法,以強化自己論點

為加強自己見解的說服力,時常需要引用更多同類意見來增強論證。

2. 提出反論的論敵

對於不同意見的文章，視情況需要有時徵引一小部分為例，可方便後文進一步的討論、辯駁，也能讓讀者更清楚你的論敵為何。

3. 徵引原始文獻，作為論證基礎

這類徵引最常出現於文史哲、社會學系的報告，像是古代詩詞、傳統文獻、小說傳奇，甚至是報章雜誌、口述訪談或日記類等材料，抄錄一小段原文，適當地嵌入正文，以夾敘夾議的方式進行討論。

4. 絕妙好辭或經典概念

這些約定俗成的專門用語，由於毋須解釋太多，讀者便能了然於心，是我們寫作時可以借用的好資源。

當然，上述幾點是引用的基本原則，具體實作通常會因情況而異，僅需牢牢記住一件事：不是自己的發想、撰述的原始內容，只要當中有一點點成分來自別人的東西，都必須翔實交代，附註說明。此外，即便是經過自己改寫、轉譯或是編排再造，雖非完整抄錄，仍都屬於「引用文獻」，一定要加上註釋，還原出處，以免滋生剽竊嫌疑。

⊃ 引文的標示格式

1. 直接引述原文字句時，中文需加單引號「」，英文加雙引號""。

   例如：

   > a. 王若葉曾寫道：「隨著資料、視角的不同，歷史依然活生生地不斷變動著。」

   > b. Plato: "You can discover more about a person in an hour of play than in a year of conversation."（柏拉圖說：「比起花一年的時間去談話，你可以在遊玩的一個小時內，更加了解一個人。」）

2. 引文若超過三行，應另起一段，用標楷體或不同字體標示，並且採取縮排的方式（指較一般段落多空一格）呈現。此種長引文，又稱「另段引文」，由於已經另段顯示，故最前與最後毋須再加上引號。

   例如：

   王若葉在書中提到關於現代歷史人物時，曾言：

   時間愈靠近現代，要談論某些歷史人物、事件或議題愈顯困難重重，這是因為史料、紀錄者乃至研究者，都容易受到個人主觀意識、社會氛圍、價值取向等的影響，想要持平、客觀陳述相對不易。

   ---

3. 引文中若尚有引語或引用時，中文需以雙引號，英文則以單
引號標示。但若是長引文，因已獨立成段則不適用，仍維持
1. 的格式即可。

例如：

   a. 鄭芝龍通清叛變時，據說「鄭成功曾嚴厲指責父親：『從
     來父教子以忠，未聞教子以貳。』」

   b. Steve Jobs said in a 2005 commencement speech at Stanford
     University: "When I was 17, I read a quote that went something
     like: 'If you live each day as if it was your last, someday you'll
     most certainly be right.'"（2005 年賈伯斯在史丹佛大學的
     畢業典禮上演講提到：「17 歲時，我曾讀過一句名言：
     『若把每一天都當作生命的最後一天，你就會明白人生
     真諦。』」）

4. 文章引用外國人名、地名等專有名詞時，盡量使用通行的
中譯，並於第一次出現時以括號附上原文。例如蘇格拉底
（Socrates）、英法百年戰爭（Hundred Years' War）。

⊃ 什麼時候需要「註釋」？

一般而言，有引用一定得加上註釋，也就是說，有徵引就得
有附註，缺一不可。這個大原則，務必要謹記在心。

　　不過，聰明的讀者或許會發現，有些時候論文雖出現引文，下方卻毫無註解。確實，目前部分的學術論文或年代久遠的文章寫法，並無全數採用此種規則，但註釋詳細化將是未來的主流趨勢，最好一開始就學習較正規的範本。即便在過去尚未講究格式規範的時候，一些治學嚴謹的學者仍會在正文中詳細交代資料出處，以茲讀者證驗。

　　除此之外，「註釋」的使用範圍比起「引用」來得寬廣，有時文章並無出現引用文獻，作者仍會附註補充，為什麼呢？

　　這種情況多發生在「補充說明」的情況。常理而言，好的報告如同作文，應該條理分明、內容詳贍，最忌諱想到什麼就寫什麼，所以有時可能出現稍微離題的內容無法放入正文，只好透過附註來補充說明。

　　比方提到秦始皇的苛政時，想補充孟姜女哭倒長城的故事，由於不合正文語脈，便可放進註釋說明。又好比提及白居易考進士時，想順道解釋唐代科舉制度的運行，即可於附註中擇要說明或徵引相關的二手研究，提供好奇的讀者自行查找。另外，在具體論證上，有時與正文討論的相似案例，由於情況雷同，也可入註補充證據的數量，無須在正文中一一舉證。

　　總之，附註的功用在於補充正文之不足，它可以交代引述資料的出處，也可以是行文之外的額外佐證，亦能與本文非直接

相涉，但希望提醒讀者注意的相關訊息。特別是現在臉書、即時通等通訊軟體暢行的年代，許多新新人類喜歡用短句，再加上括弧來添補語意，同樣的寫作風格若搬到正式報告裡將顯得格格不入，因此若能善用附註便能解決此一難題，有限度地追加尚待說明的內容。

密技

有引用必有附註，二者形影不離。但註釋運用的層面更廣，包括其他相關的額外補充。

7.3　引用的三種形式：撮要、意譯、引述

常見的引用方式，大抵有三種，亦即「撮要」、「意譯」與「引述」。

1. 撮要

有點類似摘要，用自己的文字，將消化後的二手研究，重新融會，畫龍點睛地敘述其主要意思。一般常用於文獻回顧或背景說明，借重既有的文章討論或研究成果，而無須重複做工，節省精力。

2. 意譯

常用於古代文言文或外國語文，透過現代白話的翻譯，讓讀者更容易了解原始文獻的涵義。意譯後的文字，意思與語氣應盡量符合原文。

撮要與意譯最重要的精神，在於不能失真，要盡量忠於原始文意，切不可加油添醋，以假亂真。因此，撰寫撮要、意譯的首要條件，必須先確定自己的理解無誤，以免差之毫釐，失之千里。

3. 引述

顧名思義，亦即一字不漏地徵引原始文獻。這裡較不存在錯解或失真的毛病，唯需注意引述乃人為的選取與節錄，截頭掉尾的去脈絡化或移花接木很可能引發讀者誤會，或者變成報告撰寫者為強化自身論述的創造工具。所以使用引述時應避免斷章取義，要確實掌握原文意涵。

無論是撮要、意譯或引述，都屬於廣義的引用文獻，雖出現場合與使用方法有些微差異，但都需附註說明其來源與出處。

另外，尚有一種稱作「轉引」的引用方式。何謂「轉引」？

亦即引用非第一手的原始材料，而轉承自別人引述的二手研究。一般而言，轉引自他人研究的資料，是學術報告的禁忌，因為可能產生錯落、誤解等問題，所以引用資料一定要找回最原始的出處。當然，這是理想的狀況，在某些時候我們仍難避免使用轉引，譬如外文著作、有所有權限制的圖像或期限內找不到原始文獻時，只能透過轉引暫時納入討論，唯請切記此乃逼不得已的

下策，若是正式發表的文章一定要找回原始出處。

⊃ 引用文獻如何安排？

前面已提到，不論是補充說明或提出證據、辯駁反證等情況，都需要藉助引用文獻，以強化論證根據。那麼究竟引用文獻該如何安排陳述呢？

鑑於各種學科對引用文獻的安排不甚相同，在此僅談大原則，具體的操作仍視個案情況而定。一般而言，引用文獻出現的場域，有下列幾種情況：

1. 水到渠成型

文章思路走到這裡，適足以作為例證，有助於強化自己的論述。水到渠成型的引證，大體是一般學生最擅長應用的類型。

2. 據理力爭型

尤其是與自己意見不同的反論，要斟酌引用，再加以解釋、駁斥，以免讀者或老師認為你故意規避或忽視異議。

3. 畫龍點睛型

論述過程中找到一個最貼切、顯眼的例證，可用來涵蓋文章

的主體論述。此類多為經典的引用文獻，通常也是這篇文章的精華所在，要多費點工夫安排其出現的場合。

4. 意猶未盡型

有時寫作因為問題擴散，涉及的面向較多，逐漸脫離報告題旨，為收束此處的討論，可以找個包羅層面較廣的案例，簡要說明其背後尚隱藏之問題及還待挖掘的涵義。

⊃ 過度引用的問題

初學者撰寫研究報告之際，也必須注意是否有「過度引用」的問題。就如同世間道理一樣，任何東西過與不及都不是件好事。那麼，什麼是「過度引用」呢？

顧名思義，過度引用意指引述過多他人的著作、圖像、設計等原創內容。不論是否詳細說明徵引的原始文獻，文章中出現過多他人的論點、引述或轉引，都屬不當的引用方式。

密技

引用文獻要恰到好處，過與不及都容易引人誤會。

7.4 引用 ≠ 抄襲

　　大多數時候，引用 ≠ 抄襲，這是無庸諱言的。然而，這個前提必須是報告撰寫者深切了解引用的原則與規範。特別是一些對學術寫作尚不熟悉的新手，對於引用與抄襲的界線，似乎常出現混淆不清的灰色地帶。

　　先來談談什麼是抄襲，舉幾位名人個案為例。之前上任才六天便閃辭國防部長的楊念祖，正是因為被檢舉論文涉嫌抄襲國外研究，不得不下台認錯，也創下臺灣史上任期最短的閣員紀錄。

　　無獨有偶，類似醜聞也曾發生在德國政壇，德國史上最年輕的國防部長古騰柏格（Karl-Theodorzu Guttenberg），是總理梅克爾女士的頭號愛將，也是政壇的明日之星，但因被發現博士論文有部分涉及抄襲，政治生涯戛然而止，而且還被撤銷博士學位頭銜。諷刺的是，當時曾大力撻伐古騰柏格的夏凡（Annette Schavan），在擔任教育部長時竟也重蹈覆轍，三十多年前的博士論文被列舉出許多段落沒有標註，明顯有剽竊之嫌，最終也只好黯然下台。

　　這幾位大人物的抄襲事件都曾喧騰一時，也讓他們一生的清譽毀於一旦，功名利祿付諸流水。雖然我們不是當事者，無法推估他們是否刻意犯錯，但證據確鑿的抄襲痕跡，是再多的解釋也無法讓人認同。

　　這個問題並不局限於論文，其他像是競選廣告、視聽影像、海報文宣等抄襲事件，近來在臺灣枚不勝舉。不論這些抄襲是大意疏忽，還是惡意剽竊，基本上都沒有誠實面對他人的成果，也對自己的作品不負責，才會犯下如此嚴重過錯。

　　在以前沒有網路的時代，判斷是否抄襲只能憑印象或翻書查找，但現在只要透過網路，google 幾秒便原形畢露，更別提還有專業的反抄襲檢測軟體，像是 Turnitin 反抄襲系統，快速便能發現是否有其他母本。

　　很多人誤以為東抄西剪，就不算抄襲，這個想法大錯特錯。別說拼湊出來的文章，往往邏輯不順、牛頭不對馬嘴，前後字句也無一貫性，很容易露出馬腳。在剪貼過程中，有時為符合自己的語境脈絡，將他人文章隨意地削足適履，反而呈現反效果，讀來十分突兀。再者，書寫經驗豐富的人都曉得，與其要合適改寫對方的文字，還不如消化後用自己的話重寫。

　　因此要謹守的原則是，當你大幅改寫或使用別人的「智慧」，不論是圖像、文章或想法，只要不是自己原創的，都該白紙黑字

翔實交代，保障他人的權利，也保全自己的清白。

⊃ 何謂抄襲？

1. 使用非自己原創的文字、概念、想法、創意、圖像等等，而不加說明。

2. 直接抄錄任何已出版或未出版的材料，而不加註釋解說。

3. 用自己的文字改寫別人的東西，卻不誠實交代出處。

4. 借用別人的文章論點或研究意念，卻無標註出處。

5. 雖然有註釋說明出處，但在內文徵引時，並無加上引號區別標示。這一點是許多人常犯的通病，以為有誠實說明出處即可，卻沒有詳細標示內文中的引述詞句，會讓人誤以為這些話是你講的。

6. 重組、剪貼或拼湊多人的說法，而不逐一外加註解，佯裝成自己的主張。

只要詳加說明、標示與標註，即便借重別人的意見或想法，基本仍不構成抄襲的行為。只有疏忽遺漏或刻意掩蓋，以他人著述冒充自我言論者，或占據前人創意發想，或是剽竊他人成果者，才構成抄襲嫌疑。必須注意的是，只要犯下這個疏失，無論你是有意或無意，寫作者都必須負起文責，無可狡辯或藉口推

委。

　　從事研究工作，最當注意者莫過於坦蕩誠實，嚴格遵守學術倫理，剽竊他人心血與刻意抄襲都是完全不容原諒的道德底線。由於學術工作是聚沙成塔，長期努力的點滴累積，肯定要踩在前人的經驗上不斷推進，因此明確交代援引資料，乃基本且必要的負責態度。請務必謹記：只要不是自己發想的、撿別人便宜的，還是受別人啟發的，這些都屬於別人的智慧財產，一經引用便要如實說明。

⊃ 預防抄襲的方法

1. 學會正確的引用方式。

2. 養成好習慣，只要不是自我原創的內容，一定要忠實地以符號標出並交代出處，引用時得注意核查回原文。

3. 撰寫初稿時，最好就將所有的引用文獻特別標記，並附上註腳，以免疏忽忘記。有些人習慣報告寫完後才要一次搞定格式，卻可能因事後的遺忘或疏漏，將本文與引文混在一起，難以辨認。

4. 閱讀資料或作筆記時，應清楚分別標示出他人見解或自我感想，防止混在一起，增加抄襲的危險性。

5. 學術研究重在創造、研發，閱讀二手研究時應試圖與作者

對話、論辯，從中找到新的發現，以便站穩自己的立基點。若能堅定自己的想法、鞏固論點，相對能避免以逸待勞的撿便宜心態。

每學期老師總是不厭其煩，再三叮嚀報告寫作切莫抄襲，卻總會發現幾隻迷途羔羊，有些是犯了抄襲而不自知，有些則是心存僥倖，以為不會被發現。要知道，老師或指導教授是當領域的專家，往往一眼就能辨識其中的想法或文字源自何處，抄襲將難逃其法眼。此外，侵害著作權是違法的行為，要負刑事或民事責任的，一旦觸法將付出代價，也給日後的學術或職涯發展留下「汙點」，得不償失，千萬不要以身試法。

近來也發現，有些同學毫無自覺哪些舉措已誤觸了抄襲的警報器，以下一一舉例說明。

⊃ 遊走灰色地帶的抄襲

1. 使用網路資料

大多數的人知道書籍或論文類的文獻有其著作權，引用時多會記得說明，但資料若來自網路部落格、維基百科、Facebook等等，卻往往直接剪貼、複製，而忘了加上引號與註釋。其實網路資料也有其智慧財產權，不論是圖片、感想或評議，引用時必

須如紙本材料般來處理，詳細附上網址與擷取的日期。要加註網頁擷取的日期，是因原作者隨時可以上線修改內容，為防讀者檢視時的落差，應提供自己引用的時間點。

2. 剪貼報章雜誌或其他公開的資訊

今天新聞媒體業常被詬病互相傳抄報導，未予尊重原創的著作權。凡此當然不足為法，在撰寫研究報告時，若有引用報章雜誌的資料，應謹慎求證，尋回原始出處，並正確標註。

3. 共同創作

由一個群體、研究社群或實驗室所共同研發的成果，包含內部的討論經過等未公開之報告，都不屬於個人獨有的智慧，在引用時要忠實地交代其想法源自何處，或受益於何人、何單位，不掠他人之美。

4. 過度引用

水能載舟，亦能覆舟，適當地引用將使文章增添可信度，但若是過度引用，或許尚不構成嚴格定義下的抄襲，卻仍是遊走於法律邊緣，不值得效法。況且過度引用，會使得文章缺乏作者的主見，成為別人的應聲筒，了無新意。

5. 他人未公開或未正式出版之作品

特別是學術研討會的會議論文或張貼於網路上的文章，即便尚未正式出版，也很容易遭人盜用。一方面要提醒大家暗路莫行，不要心存僥倖，因為這些都有可供查證的確鑿線索；另一方面，也希望大家要建立自我保護的意識，尚未正式發表的文章，切莫隨意傳布，以免遭人覬覦。

6. 拾人牙慧，卻隱匿出處

從別人成果中獲取的靈感、啟發，若刻意隱瞞，已屬意念抄襲。學術中此種「發現」隨處可見，但是否能將功勞占為己有呢？這就要見仁見智了。一般學術論文都有研究回顧，可以適當地在這裡交代發現問題的緣起與探索的過程，並指出前人的不足或問題。但若是刻意隱藏前人成果者，恐怕便是有意占為己有，仍屬遊走剽竊邊緣的作法，也容易被同領域資深的學者發現。如實地交代文章中的承襲，昂首闊步展開自己的論證，並俯仰無愧地擔負文責，才有可能是一篇好的研究報告。

一份報告不宜引用過多，否則容易讓人誤會作者毫無見地，盡會引述他人論點。

7.5 腳註、隨文註與文末註

　　註釋的主要性質在於提供引證、解釋和參閱資訊。引證即是說明文章引用資料的來源；解釋是因應釋義、補充或批評、推薦、致謝等情況出現；參閱則提供其他參考或子題延伸的相關討論。學術寫作的精髓在於要經得起考驗，所以翔實說明參考或引用資料的出處，一方面可彰顯自己嚴謹的治學態度，供讀者覆核與查證；另一方面，也表示對前人研究的敬重，不奪他人之功勞。

⊃ 註釋格式的寫法

　　常見的註釋格式有三大類型：隨文註、腳註和文末註。

一、隨文註

　　內文採用「圓括弧引註」，必須搭配文末的參考書目，才能完整展現引用文獻的出處。常見於 APA（American Psychological Association）或 MLA（Modern Language Association）格式。

　　APA 格式，又稱美國心理學會格式，起源於 1928 年，由一

群心理學、人類學期刊主編研擬的論文寫作格式，提供投稿者參
考，並作為編輯審核的依據。之後屢經修訂改版，至今仍廣泛運
用於社會科學類的學術論文。APA 格式的特色即在於採用（作
者，日期）的夾註方式，並於文末詳細說明出處，亦即不採用註
腳的形式。至於參考書目清單的編排順序如下：

（一）圖書類為：作者（出版年）。《書名》。出版地：出版社，
　　　頁數。

（二）期刊論文則為：作者（出版年）。〈篇名〉。《期刊名》
　　　卷期，頁數。

例如：

王若葉（2012）。《用年表讀通中國文化史》。臺北：商周出版，
　　　頁 90。

高橋徹（1991）。〈唐代樂安孫氏研究〉。《學習院史學》29 期，
　　　頁 54-70。

密技　　《書名》、〈篇名〉所使用的《》、〈〉，已成為既定通用
　　　的格式，務必學會，未來不論在寫報告或其他文類時，都可
　　　讓人一目了然。

　　　MLA 格式，是由美國現代語言學會出版的論文寫作手冊，

適用於語文學、人文學等相關學科。MLA 格式同樣採圓括弧引註，但與 APA 格式不同處在於強調（作者，頁數），亦即更精確標明引述資料的出處。文末書目的文獻清單編排順序如下：

（一）圖書類：作者（含編者、譯者）。書名。出版地：出版社。出版年。頁數。

（二）期刊論文類：作者。文章篇名。期刊名卷數。出版年月。頁數。

例如：

王若葉。用年表讀通中國文化史。臺北：商周出版。2012。頁 90。

高橋徹。唐代樂安孫氏研究。學習院史學 29。1991。頁 54-70。

不論是 APA 或 MLA 格式，都需要結合文末的參考文獻清單，才能通曉資料的完整訊息。隨文註的好處是內文相對簡潔明快，不會打斷讀者的閱讀；缺點則是讀者若需查詢完整的徵引資料時，得配合文末的參考書目才能知曉。

隨文註的徵引示範為（○○○，＊＊＊），○○○為作者名，＊＊＊則根據使用是 APA 或 MLA 格式而不同。APA 採出版年代，如（王若葉，2012）等等。MLA 則採文章的頁數，例如引自第 90 頁，即寫（王若葉，頁 90）。

二、腳註

腳註（footnote 或 endnote），又稱隨頁註，是今日中文期刊論文最常見且接受度最廣的格式，與美國芝加哥論文格式（Chicago Manuel Style）相仿。芝加哥論文格式，是 1906 年美國芝加哥大學編輯出版的論文寫作規範，迄今已發行至第 16 版。這個格式不同於專業學會所制訂的 APA 或 MLA，而是學校為一般大學生、研究生寫作需求所編擬的寫作規範，故涵蓋範圍更廣，任何領域皆能適用。

芝加哥論文格式最大的特色，是引證方式異於 APA 或 MLA，不採取內文簡扼的「圓括弧引註」，改用當頁的腳註。優點是援引證據立馬可見，缺點則是內文混雜著參考資料，極易干擾寫者與讀者的思緒，中斷閱讀的流暢性。不過，人文領域的研究強調論證，這種隨頁腳註的格式規範，相對較符合學術需求，頗得到重視。因此，臺灣人文科系的學術論文大多採用隨頁註的格式。

芝加哥論文格式的文獻編輯順序為：

（一）圖書類：作者（含編者、譯者）。出版年。*書名*。出版地：
　　　 出版社。頁數。

（二）期刊論文類：作者。出版年。*文章篇名*。期刊名及卷數。
　　　 頁數。

例如：

王若葉。2012。*用年表讀通中國文化史*。臺北：商周出版社。頁
　　90。

高橋徹。1991。*唐代樂安孫氏研究*。學習院史學 29，頁 54-70。

　　至於今天常見的中文隨頁註格式為：

範例一

> 　　中國的皇帝制度是否為專制？曾經是學界火熱一時的
> 討論。這個問題的起因在於我們對歐洲歷史發展源流的了
> 解，也是對近代中國歷史發展的重新檢討。其中最引人注意
> 的歷史著作，係黃仁宇所撰寫之《萬曆十五年》。[1] 作者筆
> 下的萬曆皇帝，表面是萬人之上，其實卻被許多制度給牢牢
> 束縛，彷彿像個「活著的祖宗」。[2]
>
> ────────────
>
> [1] 參閱黃仁宇，《萬曆十五年》，臺北：食貨出版社，1994。
> [2] 「活著的祖宗」一詞，是黃仁宇書中的章名，非常適合用來形容行舉受掣肘的
> 　　萬曆皇帝。詳見黃仁宇，《萬曆十五年》，第四章，〈活著的祖宗〉，頁 133-
> 　　164。

範例二

　　唐代應考科舉的舉子們，到京城之後，常到處拜訪權貴名士以干謁。最有名的例子莫過於白居易，小說記載：

> 白樂天初舉，名未振，以歌詩謁顧況。況謔之曰：「長
> 安百物貴，居大不易。」及讀至〈賦得原上草送友人〉
> 詩曰：「野火燒不盡，春風吹又生。」況嘆之曰：「有
> 句如此，居天下有甚難！老夫前言戲之耳。」[1]

白居易初次參加科舉考試，到京城干謁造訪名人顧況，當時顧況看到白居易拜訪的刺條，還戲謔了白居易的名字。然而一看到白居易所呈上的詩文，始驚為天人，認為有此文才，行走天下何難之有？於是轉而自嘲老夫前面所言，只是玩笑話罷了。

---

[1] 見〔五代〕王定保撰、姜漢椿校注，《唐摭言校注》（上海：上海社會科學院出版社，2002），卷7，〈知己〉，頁152。

註釋格式的注意事項：

1. 長引文的格式，需縮排前空三格，並改為標楷體。

2. 引文後方需加註釋符號。在 MS-Word 中選取插入／參照／註腳（因版本不同，或選取參考資料／插入註腳），系統會自動標號，且在各頁下方出現註釋欄，使用者可自行在註釋欄中填寫內容。

3. 註釋標號通常在當句或當段的標點符號之後，亦即在「，」或「。」或「；」之後，盡量避免句中註。

4. 引文之內的引述符號，由於已是長引文的獨立段落，維持中文之單引號即可。

5. 引文之後的討論，若是承之前的討論且屬同段內容，無須空二格獨立成段，而是頂格接續本段文意。

6. 註釋裡的寫法相對自由，但仍要以簡潔為上。

7. 註釋中重複出現的文獻，只有首次出現時必須完整陳列出版資訊，第二次之後便可省略，如上述範例一所徵引黃仁宇書目的註 1 和註 2。

8. 避免使用「同上註」或「同註幾」的寫法，尤其是採用隨頁註時，容易因為刪減而改變前後編號。過去常見這種寫法，主要是因為打字編排不易，但現在電腦文書處理已不可同日而語，為便利後續可能的增刪或移動，資料出處同

上時最好也視為獨立註釋,分別撰述。

三、文末註

　　文末註的寫法,也是早些年的作法。當時可能為遷就編輯作業,論文會先於內文標註編號,再統一將註釋於文章結尾排列呈現。這種形式的好處是兼取隨文註與隨頁註的優點,如隨文註般不打斷讀者研讀、寫者闡述的思緒,內文也相對簡明輕快;同時也保有隨頁註的長處,能詳細交代引證的資料訊息。但是缺點就是不翻到最後,根本不知作者立論的依據。目前採取這種作法的期刊相對不多,僅在部分較傳統的學術論文中才看得到,大家只要大致有點概念即可。

範例

正文○○○○○	正文○○○○○
○○○○○○○○○	○○○○○○○○○
○○○[1]○○○○○○	○○○○○○○○○
○○○○○○○○○	○○○○○○○[2]○○
○○○○○○○○○	○○○○○○○○○
○○○○○○○○○○	○○○○○○○○○

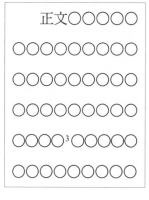

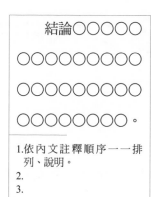

7.6 參考文獻與參考書目

完整的學術論文，在結構上通常還會出現參考文獻或參考書目。

⊃ 參考文獻與參考書目有什麼分別呢？

參考文獻（Bibliography），是指撰寫過程中曾經參閱，而且具有參考價值的文獻，特別是對議題、思考的啟發，也許與報告內容直接關係不大，卻頗具影響性。這種類型的文獻，由於不是直接引用，可能不會出現在引述資料或註釋裡，便可放在最後的參考文獻。

參考書目（References），不同於參考文獻，僅局限於文章曾徵引或提及之書目，若未曾引述者，則不應放置參考書目當中。換句話說，只要文章或註釋曾提到的任何資料，都需放入參考書目。

完整的學術論文，特別是長篇幅的學位論文，一定要附上參考文獻或參考書目。一般而言，中文世界對於參考文獻與參考

書目的格式要求較少，不若英文世界嚴格。以現在通行的期刊論文而言，有些並不要求額外附上此類的參考資料，反而，對於註釋內容更加強調其豐盈度與細緻化。不過，為凸顯自己撰寫報告時的負責與周延，在結尾仍可附上參考文獻或書目，以使體例健全。

⊃ 撰寫參考文獻或書目的重點

1. 項目多時要記得分門別類，依專書、期刊論文、專書論文、外文文獻等類別撰述。各類中也須按人名筆畫或英文字母順序排列，且要說明排列的方式。例如：（一）專書（依人名筆畫排列）、（二）期刊論文（依英文字母排列）……

2. 項目不多時，無須析分過細，只要按大類別如中文或外文資料，分別列出即可。

3. 同作者發表的文章、作品，應依出版時間條列。

4. 幾個必備要件：

圖書類：作者、出版年、書名、出版地、出版社（頁數）。

論文期刊類：作者、出版年、篇名、期刊名、卷期（頁數）。

至於排列順序，可以參考註釋寫法，或投稿對象的專屬格式。

範例

參考書目（依作者姓名筆劃順序排列）

通史類

甘懷真，《中國通史》，臺北：三民出版社，2005。

杜正勝主編，《中國文化史》，臺北：三民出版社，
　　2004。

林志宏，《圖解中國史》，臺北：五南圖書出版，2012。

宮崎正勝著，葉琬奇譯，《圖解東亞史》，臺北：易博士
　　文化出版，2004。

葛兆光，《古代中國社會與文化十講》，北京：清華大學
　　出版社，2002。

錢穆，《國史大綱》，臺北：商務印書館，1990。

專書類

毛漢光，《中國中古社會史論》，臺北：聯經出版事業公
　　司，1988。

王汎森，《晚明清初思想十論》，上海：復旦大學出版社，
　　2004。

王汎森，《古史辨運動的興起：一個思想史的分析》，臺
　　北：允晨文化，1987。

王明珂，《華夏邊緣──歷史記憶與族群認同》，臺北：
　　允晨文化，1997。

余英時，《中國文化史通釋》，香港：牛津大學出版社，
　　2010。

余英時，《中國近世宗教倫理與商人精神》，臺北：聯經
　　出版事業公司，1987。

李澤厚，《中國現代思想史論》，臺北：風雲時代出版，
　　1990。

刑義田主編，《中國文化新論 根源篇·永恆的巨流》，
　　臺北：聯經出版事業公司，1981。

岡田英弘、神田信夫、松村潤，《紫京城の榮光》，東京
　　都：講談社，2006。

陳潮，《近代留學生》，北京：中華書局、上海古籍出版
　　社，2010。

逯耀東，《從平城到洛陽：拓跋魏文化轉變的歷程》，臺
　　北：聯經出版事業公司，1979。

黃仁宇，《中國大歷史》，臺北：聯經出版事業公司，
　　1993。

如何寫好報告

黃仁宇，《萬曆十五年》，臺北：食貨出版社，1994。

鄭欽仁、吳慧蓮、呂春盛、張繼昊合著，《魏晉南北朝史》，臺北：國立空中大學，1998。

論文類

內藤湖南，〈概括的唐宋時代觀〉，收入劉俊文主編《日本學者研究中國史論著選譯》（北京：中華書局，1993），冊一，頁 10-18。

沈松僑，〈我以我血薦軒轅——黃帝神話與晚清的國族建構〉，《台灣社會研究季刊》，28 期（1997），頁 1-77。

周婉窈，〈海洋之子鄭成功〉，收入氏著《面向過去而生》（臺北：允晨文化，2009），頁 360-422。

黃克武，〈新名詞之戰：清末嚴復譯語與和製漢語的競賽〉，《中央研究院近代史研究所集刊》，62 期（2008），頁 1-40。

潘志群，〈清初的統治正當性問題〉（臺北：國立臺灣大學碩士論文，2004），頁 1-201。

嚴耕望，〈唐人習業山林寺院之風尚〉，收入《嚴耕望史學文論選集》，（臺北：聯經出版事業公司，1991），

頁 271-316。

工具書

方詩銘，《中國歷史紀年表》（修訂本），上海：上海人
民出版社，2007。

柏楊，《中國歷史年表》，臺北：遠流出版社，2003。

赫曼・金德等著，陳澄聲、陳致宏譯，《DTV 世界史百
科》，臺北：商周出版，2009。

5. 若為英文論文，則需參照 APA、MLA 或芝加哥格式，在
這部分的要求相對繁瑣，各有其一套完整的規範。有需要
的人，請自行參考相關的書籍：

① American Psychological Association. *Publication manual
of the American Psychological Association (6th edition)*.
Washington, DC：American Psychological Association,
2010.

中譯版：American Psychological Association 編，陳玉鈴、
王明傑翻譯，《美國心理學會出版手冊：論文寫作格式
（修訂版）》，臺北：雙葉書廊，2014。

官網：http://www.apastyle.org

② Joseph Gibaldi, *MLA Handbook for Writers of Research Papers 7th ed*, New York：Modern Language Association of America, 2009.

中譯版：美國現代語言協會編著，《MLA論文寫作規範》（第七版），臺北：書林書版社，2010。

官網：http://www.mla.org

③ University of Chicago Press Staff, *The Chicago Manual of Style (16th edition)*, Chicago：University of Chicago Press, 2010.

中譯版：Kate L.Turabian, 蔡美慧翻譯，《芝加哥大學寫作手冊》，臺北：五南出版社，2008。

官網：http://www.chicagomanualofstyle.org/home.html

> **密技**
>
> 不論是 APA、MLA 或芝加哥格式，都是以英文為主體的論文規範，移植至非英文的寫作環境都有扞格不入之處。建議最好還是找到所屬領域的期刊論文範本，以其為出發點，進行學習與模仿。

形式功能檢查表五、確認你的報告格式是否符合下列條件：

確認項目	○	×
1. 是否找到報告適用的引用與註釋格式？		
2. 正文的徵引文獻是否安排在恰當的地方？		
3. 確認所有的引用資料是否附註說明出處？		
4. 檢查你的註釋內容是否完整、格式是否一致？		
5. 再次檢閱自己的報告是否有抄襲或剽竊的問題？		

8

有始有終的修潤、校對

8.1　確定標題、前言與結論

8.2　檢查內文邏輯

8.3　章節次序與圖表編號

8.4　核對出處與格式校訂

8.5　署名、系級與學號

文章不是寫出來的，而是改出來的。

——魯迅

　　經由找題目、搜資料、寫筆記到起草初稿、標記註釋的過程，恭喜你已經完成撰述研究報告的主要工作，現在你只需要在繳交期限前，完成修潤與校對的最後一里路。很多人總是臨時抱佛腳，草草交出僅具雛形的初稿，而未能多預留些時間給最後階段的修潤、校訂。殊不知，這個看似簡單、可有可無的流程，卻是決定報告高下的關鍵，千萬別隨意省略。在最終繳交報告的前夕，無論時間急迫或充裕，務必要自己讀過一遍，作一些編輯修訂。

8.1 確定標題、前言與結論

修改、校對的第一步，便是靜下心仔細閱讀自己的文章。這件事看似容易，其實並不簡單。俗話說癩痢頭兒子還是自己的好，只要是自己寫的，就算是講求客觀角度的學術研究，也很難做到完全地客觀公正，主觀意識很容易在字裡行間如影隨形。因此，為了要避免老王賣瓜自賣自誇的風險，適度將自己超脫成第三者，從讀者的角度重新審視文章，探尋其優缺點，作適度的調整與修正，絕對是必要的程序。

那麼我們要檢查哪些項目呢？

⊃ 標題

我建議先從標題做起。也許你可能會感到奇怪，在這一連串的寫作過程，題目不是最先展開且確定的項目嗎？

你說得沒錯，題目確實是一開始就急於確認的工作項目，也是費盡心思縮小或擴大，才聚焦、鎔鑄成眼前的成果。若是如此，為什麼還需要再次確認題目名稱呢？

　　原因在於，撰寫過程中隨著問題、思考的發展與延伸，可能與最初的設想或方向出現落差，原訂的標題也許已經不再那麼貼切，便可以在這個階段進行調整。再者，隨著寫作的進展，對問題整體的掌握應更為精確，重新檢核自己文章的脈絡是否符合某一主題，將會比最初徒有假設的暫訂題目，更能接近最後成形的報告內容。

　　比方最初選擇考察「秦始皇的暴政」，並決定以有趣的孟姜女哭倒長城作為切入點，然而經過實際的考察發現，孟姜女的故事屢經歷史的層累造成，傳說與真實未必吻合。因此題目也需要重新調整，改為「歷史的傳說與真實：從孟姜女的故事說起」，更能精確地包含文章全體的論述。

　　關於標題，我們需要檢查它是否符合下列兩個原則：

1. 題目是否能完全對應、涵蓋文章討論的所有內容。

2. 命題應簡明扼要，刪除贅詞、不必要的文字。

　　其次，你還需要檢查各個章節標題的名稱是否合適：

1. 每個章節題名有否回應報告主題，與題目是否呈現有機的連結？

2. 章節的標題彼此之間是否有邏輯的關聯，能不能互相支撐，強化你的論點？

3. 章節名稱是否能統整下屬段落的主題句內容？可否有效收

束你的想法。

⊃ 前言

　　第二個需要重新確認的地方，是前言的部分。本書談論前言寫法時已有提及，前言是論文的門面，也就是給人的第一印象，要設法讓人記憶深刻，引發讀者往下繼續閱讀的興趣。之前也曾說明，前言不必急著寫，應該設想出好的「楔子」，並點出報告的問題意識、論述主軸，以及內容梗概。當然，這不是叫大家等到修潤與校對的時候，才要真正提筆撰寫前言，而是在寫正文的時候，念念不忘前言的構思，或待正文初稿完成後書寫，甚至是與正文同時進行皆可。

　　到了修潤與校對的階段，需要再多花點時間來確定，前言是否擔負起該有的任務：

　　1. 內容是否引人入勝，足夠吸引人嗎？

　　2. 是否清楚表達你的問題意識？你發現了什麼問題，又打算如何解決？

　　3. 是否有做到提綱挈領的文章簡介？

⊃ 結論

　　第三個需要進行最後確認的地方是結論。前言與結論，可謂

是一篇文章最精華且精鍊的核心，很多時候為了快速瀏覽、查核要旨，讀者只會翻閱這兩個地方。換句話說，多數人對你報告或論文的印象，絕大比例來自前言與結論。其中又特別是結論，因為它是正文論證的成果縮影，讀者多會細心閱讀。因此不論是文句措辭，還是凝聚精華的旨趣，都必須擺出最佳的陣式，展示與捍衛自己的論點。

檢查文章結論是否合格，要注意：

1. 有沒有做到首尾呼應？是否有效回答了原先設定的問題？

2. 文章要旨是否作了精實的總結？有無遺漏關鍵論點？

3. 結論是否具有超越此議題更大層面的意義？

總之，在繳交報告之前，再次確認標題、前言、結論，是最重要的事情。相對於篇幅較長的正文，檢查標題、前言、結論三部分的工作量相對不重，但將是決定勝負的關鍵。無論再忙也要撥出時間，好好確保它們是否已達成目標、起到應有的作用。

> **密技**
> 想冷靜客觀地審視自己的文章，最好的方式是保持距離，稍微隔些時間再看，先從撰寫的熱情裡解脫，再透過批判性閱讀來檢討。

8.2 檢查內文邏輯

　　完成首要校對的部分之後，要將注意力轉移到內文的修潤與訂正。大家應該都有聽過「我手寫我口」，但它的難度其實還滿高的。

　　這裡涉及兩個層次的問題。首先，要我手寫我所想的，文字掌握力要夠，不然是無法盡情地將腦海的構思如實寫下。其次，若文筆還不錯，我手寫我口也不足為取。因為口語表達相對不精確，邏輯關係也不明顯，若只是將想講的一窩蜂地堆砌，肯定也不是好的文章。因此，不管文筆好壞，一定要保留修潤文章的氣力。

　　實際進入文句的修整之前，得先花點時間確認正文是否能打到要害。

⊃ 檢查正文內容

　　1. 章節架構的設計，是否符合思考邏輯與問題的推論？

　　2. 每個大段落是否都指涉到一個中心思想？這個中心思想能

否對應到主題？

3. 段落中是否都有主題句？並且發揮了功用？

4. 段落裡的證據，能不能夠支撐主題句的論述？

5. 聯繫段落之間的連接詞，例如「於是」、「然後」、「接著」、「進而」、「並且」、「不但」、「雖然」、「儘管」、「但是」、「反之」、「由於」、「所以」、「因此」、「以至」、「除非」、「無論」、「如果」、「縱使」、「為了」、「以便」等等，是否安排得宜？能否清楚地呈現段落組成的邏輯關係？

6. 各段落裡的句子是否依照思路順序，有條理地陳述？

7. 句子間的文字，有沒有去蕪存菁？刪除了無關或不當的言論？

確定上述的內文架構都通過檢驗之後，接下來焦點要轉到更細部的文辭修潤。以下將針對報告寫作可能出現的文字問題稍作說明。

⊃ 報告寫作中幾個常見的誤區

1. 主詞消失無蹤

特別是人物複雜，或句子拉長後，消失的主詞或不明的代名

詞,很容易讓讀者感到困惑,不知所云。建議可以將較長的句子拆成幾個小句,分別敘述,凸顯主、受語之間的相互關係,若出現指涉不清楚的代名詞則予以還原,避免讀者誤解。

例如「康有為、梁啟超是清末著名的啟蒙思想家,兩人同時也具有師生關係。天資聰穎的他在一次偶然機會遇見老師,折服其學問淵博,遂拜於門下。」若了解歷史原委的人,可以知道第二句的「他」指的是梁啟超;「其」,則是指康有為。因此若將第二句的主受語各自還原,語意將更清晰順暢。撰寫學術論文為避免指代不明,應審慎使用代名詞,盡量還原主詞,以使句子的指涉對象更為明朗。

2. 句子過於冗長,沒有句點

這應該是以前作文課就教導的規範,但近年常發現很多學生似乎不太會用句點,常常一大段落的文字,要到結尾才出現句號,讓人讀得差點喘不過氣來。

句點不同於逗號,可以完整交代一句話,也是文意起承轉合的重要幫手。在句點之內的文字應該指涉同一件事,或經過、或變化、或解釋,而前後句的意思則應該是相互連貫,彼此有所承接、比興。尤其是不善於寫作,或是初次經手較大規模報告的人,當遇到問題相對繁複的論述時,一定要學著善用句號,把複雜的

文意拆解成幾個句子來串連，讓每句話都盡量簡單、完整，好將事情說得清楚明白，淺顯易懂。

3. 不分段或段落過多

或許受到當前流行書寫的影響，有些人喜歡將一件事情，用短短的句子分成許多段落，想到什麼寫什麼。這種口語式寫作並不適用於正式的報告或論文，雖然到大學不會像中學時寫作文，強制分成四段，但順著語境脈絡，恰當地切分段落仍十分重要。

相反地，若是段落過長，同樣不適合閱讀，讀者也較難掌握重點。因此，若還是不太熟悉如何分段，最好試著用主題句的方式，依序著語意邏輯進行陳述。

4. 白癡造句法

故意惡搞的這類造句曾經流行過一陣子，譬如「老師說明天不用上課」、「今天真快樂」、「總統從前門進來」、「父親應該會邀請」等等。諸如此類容易引發誤會聯想的詞藻，在報告中盡可能減少，轉用他詞來代替，或換個排列方法。雖然認真的讀者不會因此被誤導，但有時乍看之下的無謂聯想，仍會打斷閱讀的流暢度，可以的話還是要留意並盡量避免。

5. 美式中文

美式中文的句式，在生活周遭俯拾皆是。比方之前引起熱烈討論「進行……的動作」，就是明顯受到英文語法影響的句型，所以有「進行搜索的動作」、「進行了解的動作」等類似語言癌的症候。又如遭到濫用的「被」，像是「他被選上班長」、「被認為重要的題目」；或「的」，如「美麗的天空的雲彩」、「枯萎的樹木的枝幹」；又或「性」，「研究性論文」、「學術性研討會」；或是「給」，「給拍手」、「給誤導」之類，都是非常累贅的詞句。

中文文法相對不講求時態、主被動的語式，但透過前後句的邏輯，其實很能清楚交代彼此的關係。所以「搜索」就能取代「進行搜索的動作」；「被」選上，換言之，就是「選上」；「被認為重要的題目」，就是「重要的題目」；「給拍手」意即「拍手」云云，無庸畫蛇添足，增加讀者額外的閱讀負擔。

6. 贅字流竄

贅字有時跟上述美式中文的語法有關，譬如「的」、「被」、「性」的氾濫。另外，尚有一些是撰寫者對文字掌握力還不夠，無法流利地說明事情原委、發想經過，在初稿時可能得多花些篇幅來描述。因此，最後的修潤便顯得十分重要，去除一些不必要

的贅字，像是「修辭（的部分）」、「（做一個）處理」、「（當）事情發生時」等等（此處「的部分」、「做一個」、「當」均可刪除）。再者，有時因打字手誤或遣辭用句失當，使得文字錯落而語意不清，都要趁此機會訂正。

7. 不當的修飾

例如誇大其詞、標新立異或矯揉做作的表述方式。前面提到報告文體時，已曾強調要避免使用情緒化文字、鄉民用語、流行詞彙等，這些都不適用於正式文章。有些學生甚至會突發奇想創造新詞，沾沾自喜之餘，卻不知讀者往往感到突兀而困惑。除了別標新立異或誇大其詞之外，也要避免刻意的矯揉做作，畢竟是立場應該客觀的研究報告，只要中肯如實地描述，風格上無須裝模作樣。

8. 濫用標點符號

像是常見的「！！」、「？？」、「～～」，或是字形中的「斜體」、「粗體」、「外框」或「加底線」。這些非正確的標點或文字格式，不應該出現在研究報告當中。特別是人名加外框，如 王小明，用在正式文書或報章雜誌，像是文告訃聞，代表這個人已經過世，自有其特定涵義，切莫用錯場合。

9. 注音文、火星文等奇形怪狀的新文類

注音文其實就是錯字，隨著注音輸入法發達，大家對錯字的敏感度降低，一份報告往往錯字連篇，不忍卒睹。所以繳交報告前，一定要嘗試跳出作者本位，從第三者的角度嚴厲地校對訂誤。火星文就更不用提了，除非這篇報告是專門研究古今中外的火星文字，不然這種非正當的表達方式，絕對要竭力迴避。

10. 千篇一律的用字或句型

中小學作文老師一定有交代，要避免使用重複的詞藻，最好能找出意思相近的替換語。寫報告也同樣如此，巧妙地變化文字，能讓人感覺清新，不會讀來乏味無聊。另外，還要注意句型也需不斷替換，不要連續使用相同的構句，多式多樣的句法能增添文章的韻律感，讀起來才會有節奏、活力。平時閱讀可多留意學習，或翻閱同義詞辭典，尋找意思相近的詞彙。

11. 的、得、地不分

這個問題常出現在學生的報告或考卷，若是電腦打字的報告，勉強能說是校對不精，但若出現在手寫的考卷，恐怕就是認知上的錯誤了。印象中有句廣告詞：「聰明的選擇，選擇得聰明」，其中「的」跟「得」你分得清楚嗎？通常「的」，可作為

所有格,「我的書」、「你的電腦」;或放在形容詞後面,形容名詞,如「美麗的少女」、「盛大的舞會」、「絢爛的煙火」。「得」,則慣用於動詞之後,如「拿得起」、「放得下」。「地」則作副詞語尾,用來修飾動詞或形容詞,像是「貪婪地呼吸」、「輕輕地唱」、「嚇人地高」。相信有了基本了解之後,應該就能分辨「又香又甜的睡眠」與「睡得又香又甜」;「大聲地唱」與「唱得大聲」之間的差異。

| 密技 | 陶淵明曾賦詩:「奇文共欣賞,疑義相與析」,形容與朋友切磋文藝、品評賞析的愉悅饗宴。無獨有偶,現在老師改報告時也有類似的感觸,差別只在於「奇文」與「疑義」並不能引發共鳴。要避免自己的報告變成充斥「疑義」的「奇文」,一定要恪守學術論著的寫作規範。 |

8.3 章節次序與圖表編號

　　修訂、校對的第三步，是有關章節次序、圖表編號與頁碼設定的形式檢查。

⊃ 章節次序

　　請再一次確認自己報告中的章節標題次序是否符合「壹、一、（一）、1. (1)……」或「Ⅰ. A. (A) 1. (1) a. (a)」的規範？各級標題中的字型和字體大小是否相同？各級標題的設定、排列是否吻合題旨，若有疑慮，最好趁現在趕快修改。部分期刊論文還會將章節名稱放在前面，讓讀者在實際閱讀前，便能通曉本篇文章的論述架構。不過，期刊論文動輒兩、三萬字，故需要此類提示；若是你的報告篇幅不長，讀者能輕鬆掌握要點，便毋須多此一舉。

⊃ 圖表編號

　　若報告中有插入圖像或表格，記得要附上編號、題名，以及

原始的參考資料。

　　一般學期報告規模較小，較少同學會直接接觸到一手的原始材料，大多參考既有二手文獻之後，重新彙集、整理當中的訊息。因此，不論是引用他人圖表，或是以其為底本重製的新圖表，都需要附上原始出處，以防有剽竊的嫌疑。此外，若是圖像、表格數量較多，也需要給予名稱和編號，以方便辨識，在文中敘述時也將有所本。更周到的學者，還會在參考書目之後，放上完整的圖表編號與題名。

⊃ 圖表製作的注意事項

1. 存在的必要性

　　圖表的功用，在於讓人一目了然，快速掌握訊息。然而，若是訊息不複雜時，毋須刻意補上圖例或表格，只要在文中描述清楚即可。像是 2010 年臺灣新生兒性別比為 1.090；2011 年為 1.079；2012 年為 1.074，類似這種簡單數據只要用文字表述，不用特地畫表來說明。又如，大量擷取類似的圖片或影像，既徒占篇幅又阻礙閱讀，應擇要出示關鍵證據即可。

2. 參考資料的出處

除非圖片、影像、音樂、表格的所有權為你所有，不然任何

的引用、改版、再造或整理，都需要註明原始資料的來源，才不會涉及盜用的問題。不管是圖像、音樂、數據圖表或影像擷取等等，都有版權問題，使用時要慎重處理。特別是你若將這些資料公開放在網路上，在沒有取得授權的情況下，即便有標註出處表示引用，依然有侵權的法律問題，需要格外謹慎。

3. 附上文字解釋

徵引圖像、影音或繪表材料時，也如同使用文字資料，它們不會不證自明，撰寫者一定要加以解釋，別誤以為將圖片或表格放上去就行，一定要在正文裡詳加說明、討論。

4. 格式有否異動

目前許多大學採用線上作業繳交系統，學生的報告可能不需自行列印繳交，但透過網站開啟檔案，會因批改者的電腦系統造成格式異動。這對文字檔案的影響較少，但對有圖像或表格的內容衝擊較大。因此建議若報告中有使用圖表或圖像等特殊格式，繳交前應先轉檔為 .pdf 再上傳，以免格式有所更變。

5. 圖表內的字體、字級都應一致

特別是引用其他底本進行修改的圖表，若不先統一格式，往

往會有前人遺留的痕跡難以掩蓋。

⊃ 頁碼設定

另一個格式上需要注意的點，是設定頁碼。

利用 MS-Word 寫作的同學，可以透過插入／頁碼的功能，選取頁碼的編排形式，看要放在頁首或頁尾，要置中或靠左、靠右，隨使用者喜愛自行決定。一般常見的中文格式，採用頁尾置中的編排方式，提供大家參考。

頁碼相當重要，特別是遇到會將資料列印下來批閱的老師或助教，若無頁碼，又不幸散佚，可能成為師生雙方的麻煩。所以交出報告前，隨手之勞，先自行確認是否編制好頁碼。

> **密技**
>
> 校對格式應先由大至小，大的指外在顯著的版面格式，如章節次序、圖表、頁碼；小的則是具體內文、引文與註釋格式。要有條不紊地細心檢查，才能做好校對工作。

8.4 核對出處與格式校訂

　　檢查完屬於「外貌協會」的格式之後，接下來需要多花點時間在文章內在美的部分，亦即引用資料的出處核對和文章的格式校訂。這兩個地方也是最需要撰寫者細心與專注地投入。

⊃ 核對引用資料及其出處

1. 檢查報告中所有引述資料是否已附註說明？
2. 文章中的註釋標號是否放對位置？要在標點符號之後。
3. 再次確認引用資料的出處，是否有誤植或遺漏？
4. 所有的註釋內容是否都完成了？
5. 註釋中的書目資料，格式是否統一？
6. 是否已經去除同上註、同註幾的寫法？

　　引用資料如同呈堂證據，會吸引讀者眼光，與之相關的格式和註釋，也會分外引人注意。因此，對引文與前後段論述的撰寫格式，一定要詳加補強，以免缺漏原形畢露。

⊃ 格式校訂

其次，需要注意全文的格式是否一致？

1. 字體與級數大小

中文的報告或論文，通常以 A4 橫排，內文字型為 12 級的細明體或新細明體。據說這是最適合中文字樣、閱讀最舒服、耐看的字型，所以一般書籍及論文都採用細明體。至於 12 級的內文字體，則是為配合 A4 版面採用的大小，也是目前最多老師指定的字級。過去繳交紙本作業時，有些人為了增減篇幅或頁數，或為了「貌似」符合老師規定的字數，常會隨意更改字級大小，以控制篇幅長短。但現在多為電子檔，一查就知道字數多少，便毋須在此費心機了。

2. 題目與章節名稱的字體、字級

習慣上題目、章節名稱會採用與內文不同的字體，字級也稍大，比方題目用 18 級、章節標題用 14 級的粗體或黑體之類。若是章節名稱有好幾層，也可利用其他字體與等差的級數以茲區別。不過，請留意字體樣式不宜太多，畢竟是嚴肅的學術報告，不是玩弄噱頭的創意廣告，不要讓人感到一成不變的困乏，但也不要讓人眼花撩亂，忽略了內在的紮實討論。

3. 行距問題

這也是有些學生喜歡耍花槍的地方，不少老師已經注意到此現象，轉而要求只能使用最陽春，亦即不作任何設定更動的 MS-Word 原始設定——單行間距。當然，行距設定有其必要性，譬如中英文寫作的課程，為方便老師後續的改閱，會要求學生使用兩倍行高，方便在空白處作訂正、眉批。不過若是一般報告，單行間距比較適合閱讀，版面不會顯得空虛或太滿。

4. 內文左右對齊

這個功能也很重要，可以讓每一行的文字相互對齊，有時因為全形、半形的中英文或符號交雜，會使得每行字數不同，從版面來看並不對襯。這時便可藉由 MS-Word 功能中的左右對齊鍵，解決此困擾，讓內文的格式更加一致、整齊。

5. 段落的開頭格式

正文各個段落的開頭是否都縮排並空了兩格？若是文長的另段引文，則需在最前方空三格。

6. 另段引文的字體變化

另段的長引文除需空三格縮排外，還建議可用標楷體來區分

其與內文的不同。

7. 版面設定

通常可以在檔案／版面設定中修改。但是若文章並無插入圖表而需調整邊界的特殊因素外，直接使用原始設定即可。

8. 封面、封底設計

要避免花枝招展，建議參考已出版的期刊論文，簡潔有力，交代篇名（題目）、作者姓名（作業需加上系級、學號），不用額外費盡苦心製作封面、封底，因為封面老師大概只會花一秒就翻到正文，封底則可能連看一眼的機會都沒有。畢竟時間寶貴，不如將心思多放在撰寫與修潤上。封面基本上一定要出現三個重點：

①報告題目

②作者姓名

③系級與學號

至於要不要加邊框、加底圖，就隨各人喜好了。封底就更不用提了，可以自由設計。總之，不管你如何製作封面、封底，原則上就是別忘了這是份「學術報告」，切勿危及或削減其認真、嚴肅的形象。

9. 內文的版面

同樣是簡單就好，若是像學位論文篇幅較長，可以利用 MS-Word 的頁首頁尾（插入／頁首頁尾），將論文名與章節名分別放在左右頁，便利讀者知道目前所處的章節名稱。然而，若只是幾千字的期末報告，大可不用大費周章，頁尾附上頁碼即可。

10. 統一外文、數字、內文註釋的字體

撰寫報告內文時，可能出現外語和數字，通常使用 Times New Roman 體。這些字體由於夾在內文裡，容易因為調整格式而被一併改成細明體、標楷體或其他字體，在最後校訂時一定要再次確認它們是否字型統一。

⊃ 常用的編輯校對符號

除了電腦上直接的修潤，也可以將報告列印出來校對。閱讀紙本有時反而能找到之前螢幕上不容易看出的錯誤或不妥之處。如果是在紙本上作業，以下幾種基本的編輯符號有助於撰寫者有系統地完成修潤與校對。

1. 改正：錯別字或錯誤的用詞等

古人常言「蓋官論定」，然而如今的歷史學則要告訴我們，

即便是逝去的過往雲烟，猶未能輕言論斷。
煙

2. 刪除：多餘的字眼或贅詞等

歷史教科書往往經常給人一成不變的印象，但真正的史學家卻是在證據中尋找創意，顛覆先前既有的知識架構，重新塑造一個更周全、寫實的歷史圖像。

3. 增補：遺漏的文字

檢視

隨著資料、視角的不同，歷史依然活生生地不斷變動著。在這個過中，舊的知識框架不斷被拿來比對、批判，同時卻也是新
程
知合理與否的基礎。

4. 對調：調換字詞的位置

二者相輔相成，無論是延續或取代，還是修改或擴充，月異
日新的歷史學早已勢不可擋。

5. 另起一段與接排

二者相輔相成，無論是延續或擴充，還是修改或取代，日新月異的歷史學早已勢不可擋。二十世紀英國史家卡爾（Edward Hallett Carr, 1892-1982）指出：「歷史是歷史家和事實之間不斷

交互作用的過程，現在和過去之間無終止的對話。」

正因這個永無終止的對話，讓當前歷史學活力四射，「萬象更新」。然而也別忘了，歷史是一場披沙揀金的過程，篩漏的遠比撿起來的多。

6. 對齊

事實上，現在我們所熟悉的春秋「五霸」，只是古代典籍記載的其中一說，其他說法尚有：

（一）齊桓公、晉文公、楚莊王、吳王闔閭、越王句踐；

（二）齊桓公、晉文公、秦穆公、楚莊王、吳王闔閭；

（三）齊桓公、晉文公、宋襄公、秦穆公、吳王夫差。

7. 空格

二十世紀英國史家卡爾（EdwardHallettCarr, 1892-1982）指出：「歷史是歷史家和事實之間不斷交互作用的過程，現在和過去之間無終止的對話。」

密技

校對時要一絲不苟，大小細節都不要放過，努力追求格式一致的美麗吧。

8.5 署名、系級與學號

如果你已經完成上述的檢查，理論上封面也應該確實登錄署名、系級、學號的個人資料，然而根據我多年當助教的經驗，經常看到有學生不知為何仍忘記打上這些訊息。沒有署名的報告，不僅帶給老師麻煩，對自己的成績也可能是一種傷害，有些老師只要看到這種報告一定先扣幾分再說。

或許因為現在線上繳交資料方便，學生預設老師得進到其專屬資料夾才能開啟檔案，所以不用多此一舉自報身分。一般線上批改作業的程序確實如此，但你也不能假設老師都不會將報告列印後批閱，所以可供辨識的個人基本資料千萬不可省略。

不管是大班或小班式的課程，老師、助教都很珍惜與每位同學的交流，在報告中標示個人資料，或是在考卷上填寫姓名、在email信件中署名，都屬於基本禮儀。相信每個學生都希望老師、助教對自己留下鮮明的印象，而報告、考卷或email信件就代表著你，是老師辨識與評分的主要根據，基本的小地方大意不得。

密技

報告要寫得好，細心是絕對的要素，待人處事也是如此，平日多培養一分為人著想的周到，寫報告時自然能注意到微小細節。

9

自我能力加強篇

9.1　好的範本與模仿

9.2　從讀者角度出發

9.3　力求完美的自我批判法

9.4　與人切磋、討論

9.5　仔細檢討每一份報告

9.6　多作不同的嘗試

勝利者絕不相信偶然，而且無一例外。即使他們謙虛地說，自己的成功純屬偶然。

——尼采

　　前面第三章到第八章是書寫研究報告絕不能錯過的步驟，若少了任何一道手續，成果都會黯然失色。接下來三章將分別從個人能力的提升、老師批改作業的視角，以及寫作障礙的克服，教導你如何精益求精，更上一層樓。撰寫報告的過程，就像是與自己的一場戰鬥，敵人永遠只有自己，成果好壞也端賴個人的努力與否。

9.1 好的範本與模仿

　　學習始於模仿，已是老生常談的話。寫報告也需要好的學習範本，深入地分析、探索作者思辨、推論的過程，考察他如何將問題轉化成文字進行論證，以及引文證據的可信度、擺放位置等寫作手法。從閱讀的蛛絲馬跡與疑問出發，仔細觀察別人如何去思索一個問題，使用的論據是否具有說服力，作者如何布局，現象的解釋是否到位，行文論述的寫法之類。

　　不是像崇拜偶像一般，將喜歡的論文放在桌邊陪伴，便能習得其一招半式，而是要反覆再三地一讀再讀，藉由對報告基本組成的認識，練習拆解、重組論文範本中的各個細節，甚至去試著揣摩作者為何如此書寫，背後的深意為何。你也可以回過頭來思考，同樣的題目是否還有其他更適合的寫作方式？

⊃ 如何找到好範本？

　　所謂好的論文範本，並非只是見解獨到，或是文采過人，而是經學界嚴正檢驗、審查刊登的期刊論文，絕非來路不明或未經

正式發表的文章。

為什麼要選擇期刊論文，而不是一般書籍或網路、雜誌的文章呢？

這是因為學術刊物通常都有嚴格的審查制度，能刊登其上的文章，研究水平已有一定保證，而且經過專業的格式校正、錯落訂誤、出處複核等流程，錯誤率相對較低，可信度與參考價值較高，適合作為初學者的模仿範本。

不過，各個領域學術寫作的規範並不一致，撰寫者應該瞄準當領域對症下藥，找出適合的模仿範本。例如自己研讀的領域一定較為熟悉，可以先從自家科系的學報找出一位你欣賞的教授，觀察他如何撰寫論文。若是因為修課需要而跨領域的學期報告，則可從老師提供的參考書目或指定閱讀，選一篇自己喜歡或與報告方向相近的論文，參考仿效。

⊃ 如何分析範本？

找到一篇合適的論文範本後，不是就此束之高閣供奉著，等到要用時才臨時抱佛腳，而是得事先做好相關的準備工作。

事前的準備工作有哪些？

1. 先看看別人怎麼挑選題目、章節架構又如何來設計。

2. 前言怎麼撰寫、作者的思路脈絡、怎樣發掘問題又如何去解決。

3. 正文的書寫手法、如何精確描述與論證、證據如何安排、是否具有說服力。

4. 註釋內容、參考文獻提供哪些相關資料、作者如何使用與超越既有研究。

5. 結論的寫法。

這幾個項目也是平時鍛鍊批判性思考所需要的元素，從分析別人的作品到深入理解其書寫方式，並將這個過程烙印在腦海裡，才算真正學習到精髓。

因此，找到好的範本誠然重要，但了解對方究竟如何寫出這篇文章的過程更重要。唯有經由這種反芻式思索、檢討，才能從範本裡習得千金難買的寶貴經驗。

密技

選一篇你喜歡且具學術公信力的論文，放在書桌隨手可及之處，一有疑問便能馬上翻查，模仿作者如何處理問題、如何安排證據、如何書寫等技巧。

9.2 從讀者角度出發

　　書寫報告時，撰寫者常為了凸顯獨特的個人觀點或分析視角，很容易站在以撰寫者為中心的論述立場，主導問題的走向與討論方式，而忽略讀者可能產生的疑惑，甚至是與撰寫者意見不同的其他解釋。這種以自我為中心的寫作方式，尤其容易出現在論理式文章，大抵是為了提升說服力，寫作者不自覺便陷入此迷障。

　　為了擺脫撰寫者片面獨大的陷阱，最好的方式，便是寫作時也不忘讀者的存在。這個讀者並不是要你真去找個人來幫你看報告，有當然也很好，但更重要的是，時時在內心深處豢養另一個我。這個我是立場超然的第三者，透過其挑剔、質疑的態度，提醒自己哪些地方還有解釋不通、邏輯不清或是強詞奪理的毛病。

　　從讀者的角度出發，可以幫助我們全方位地思考文章論理是否周密、到位。藉由揣測讀者可能提出的問題，撰寫者可以不斷調整論述的方式，掩飾或充實不足之處。一份成熟的好報告，必定會考慮到讀者可能產生的疑惑，並事先解決這個小障礙，再引

導讀者跟著撰寫者的思緒前進。

撰寫者最常犯的一個錯誤，即是過度投入自己的主題，暗自假設讀者都能理解，以致於在報告中堆積過多的專業術語、事件經過或冗雜人物。

一份好的報告背後肯定是煞費苦心，作者難免想將所有訊息都塞進去，強化報告的豐富性。殊不知這種作法適得其反，沒有剪裁過的資料只會徒占空間，模糊焦點，降低文章的可讀性。此外，若是硬塞太多的專業術語或艱澀用詞，難免讓人感覺撰寫者在賣弄知識，而非真的消化了解這些事物的內涵。

事先預設讀者，還有另一個意想不到的好處，即協助我們判斷哪些內容要寫、哪些不寫。比方若是寫給授課的老師看，他們對這領域已經知之甚詳，很多常識性的敘述便可省略，毋須多加贅言。反之，若是寫給不是同領域的師長，一些你覺得可能是常識性的東西，別人可不一定同感身受，適度地解釋有其必要。

寫作容易犯的另一個盲點，便是假設你的讀者都懂你寫的內容。然而事實上，每個人對文字的掌握能力、理解程度都不盡相同，有些你覺得已經寫得非常清楚了，讀者卻無法從前後脈絡理解你的意思。為了避免解讀的落差，我們得先預設讀者對這個問題一無所知，如何從無知走向有知，就得靠你的文字翔實且條理有序地闡述和分析。

⊃ 如何從讀者的角度出發？

1. 培養另一個批判性的自我，鍛鍊自己的客觀能力。

2. 設想讀者可能提出的疑問，並逐一解決這些可能的障礙。

3. 預設讀者的存在，可協助斟酌文章的修裁走向和陳述重點。

從讀者角度來思考問題，與當前流行的逆向思考有些雷同，跳脫自己原有的思維架構，從另一個不同的視角來觀察、回答問題。尤其推薦用於思考短路、觸礁時，換個角度、立場重新思考，有時可獲得意想不到的啟發。

> **密技**
>
> 預設讀者，可以讓文章更具生命力。作者與讀者的互動，以及問題與答案的交流，都將顯得更活潑、有趣。

9.3 力求完美的自我批判法

　　文章要寫得精湛，很多時候你的論敵不是前人研究，而是自己。人是情感的動物，通常又容易犯寬己律人的毛病，對於別人的文章總能百般挑剔，發現疏漏；對自己文章卻敝帚自珍，小至錯字、大至論點謬誤，都能視若無睹。這大概是凡夫俗子難以避免的通病。

　　不過，稍微有經驗的研究者就會知道，任何大小問題最好能自己先療傷止痛，若是毫無準備便公諸於世，就等著被千夫所指，被批得體無完膚。

　　研究所與大學最大的不同，在於報告不再只是二手研究的資訊彙整，或是給授課老師個人的指教即可，往往需要在同儕、同門面前公開發表，接受大家的批評指正。若沒有事前準備好就上場，其結果可想而知；若自己能預先做功課，進行批判性思考，知道自己的優缺點，並設想別人可能提出的質疑，多少可減少挫敗的創傷。

　　基於此，本書在修潤校對一章也提及，修改是一道不可以省

略減免的步驟，其重要性與實際寫作不相上下。正因為初階的研究者很容易忽視這道手續，特別是大學生，所以凡是經過修潤的學期報告便能脫穎而出。

當然，這裡指的不限於文字修辭、錯字校對的初步工作，而是更上一層的思路辯證，讓自己文章的論點能夠更精實有力，擲地有聲。

⊃ 自我批判法的執行要點

1. 論述、解釋方法的合宜性？是否有其他更適合的解決之道？

2. 文字是否精確地表達出寫作者的想法？

3. 證據是否有完全的說服力？證據與推論是否合理？

4. 對於反論意見的處理是否恰當？

5. 前言、結論是否相互呼應？能否回答自己原先設想的問題？

自我批判法可以協助撰寫者自行發現論述的缺失、弱點，且要趁早發現、趁早治療，若將錯就錯，硬著頭皮往下進行，拖到最後不得不改時，所要付出的代價往往是前面的好幾倍。

換句話說，自我批判法不是等到文章寫完後才要開始進行，

而是在寫作過程中時時刻刻都要提醒自己檢查、確認的一道安全手續。

 學習自己找自己的碴，在雞蛋裡挑骨頭，通過不斷反思詰問，強化自己的文章深度。

9.4 與人切磋、討論

　　從一個題目、想法到報告成形，中間需要自己的閉關思量，卻也少不了與別人的腦力激盪。這個人可能是具體的二手研究，也能是你周遭的朋友、同學或師長。經由與人討論，可以不斷澄清、整理自己的想法，同時也可以從與別人的答問之間刺激思考，釐清可能的思緒盲點。

　　在日常生活中，大家應該都有過與朋友交談後豁然開朗的經驗，有些想法原本還很模糊，卻能在與人對答中清整出條理，自成一套說法。

　　研究工作同樣如此，每個人的背景、喜好、專業都不一而同，若能相互交流、切磋，也許可以激發自己想到更棒的點子或更好的寫法，為你的報告加分。有時也可在初稿完成時，邀請好友、學長姊先行指正賜教，有助於你進行後續的修潤校訂。

　　不過，有一點要提醒大家。與人交換想法固然重要，但防人之心也不可無，要透露多少得因人而異，若對方是你信任的人，可以多說一點；若只是點頭之交，就不宜毫無防備之心而鉅細靡

遺地全盤傾訴。

　　為什麼這樣說呢？畢竟校園也是一個小社會，形形色色的人都有，你不去剽竊、抄襲別人的東西，並不代表別人不會這樣對待你。

　　特別是要撰寫學位論文的研究生，與你親近的同學、同門、師長，可能會是你的貴人，卻也可能會是傷害你的人。你的題目、報告雖然理論上擁有優先的智慧財產權，但只要尚未公開正式發表，都是妾身未明，無法正名為你所有，一旦被人捷足先登，也只能捶胸頓足，欲哭無淚了。所以，保密的心態非常重要，不是信任的人，最好謹言慎行。從尋題、構思、撰寫到正式出版之前，都要貫徹始終這份小心。

密技　與人切磋、請益，可以獲得新的刺激，但也不忘保有一顆防衛的心。

9.5 仔細檢討每一份報告

　　不知道大家是怎樣處理老師批閱後還回來的報告呢？是看完分數就隨手一扔？還是跟好友分享完成績，然後船過水無痕？還是很認真地逐一查看老師給的評語？

　　希望答案是最後一個。正所謂功不唐捐，報告既然都寫了，就一定要看看老師有什麼評語、給的分數是否符合你的預期？若沒有，應該要去了解中間出了什麼差錯？

　　經驗老到的研究生對於自己的報告成績，理論上應該心裡有底，八九不離十。若是與自己預期的分數落差太大，更要虛心檢討原因何在，是題目選錯？還是詮釋有問題？或是哪些資料用錯或讀錯了？

　　這些個別問題，只能透過每一份老師批改後的作業，自己私下檢討訂正。若仍是不解，則要試圖謙卑地向老師請教。只要你不是擺著一副「老師你虧待我」的不滿姿態，多數老師都很願意回答你的疑惑。

　　此外，也可以跟選修同門課的三五好友互相交換報告，一

方面觀看別人如何寫文章，另一方面也比較看看老師對這些報告
評價方式的差異。有些學習不一定要在課堂上，三人行必有我師
焉，周遭的同儕更是你學習的模範，去試著分析你們報告的不
同，哪些值得效法、哪些值得警惕。

現在大學校園的作業多採線上繳交的方式，有些課程甚至會
開放幾份評價較高的範本，同學有機會一定要點選查閱，看看別
人的長處，再想想自己哪些部分尚待加強、哪些部分仍有改善進
步的空間。這些被選為模範的作業，通常都有其獨特之處，何以
能夠突出、與眾不同，值得你認真省思與學習。

總之，要珍惜每一次寫報告的機會，寫過的報告也千萬別浪
費，就像中學時嚴肅訂正每份考卷般，去檢討、比較其足與不足
之處。從這些自己實際摸索、撰寫過的報告，更可以深切體會報
告要如何寫才會精彩。以往我們只能看書，照本宣科地模擬，但
效果肯定比不過自己操作過的實際經驗。因此，認真檢討每一份
老師回饋點評的報告，痛定思痛，才能知己知彼、百戰百勝。

密技　老師還回的報告與作業，是學習中最珍貴的智慧寶藏，千萬
別入寶山卻空手而回。

9.6　多作不同的嘗試

　　假使你已經找到很適合自己的論文範本，並且對於這套操作模式完全上手，你覺得這樣就夠了嗎？

　　學好一套研究報告的寫作方式非常重要，但千萬別以為這就是終點，往後打算只靠此招闖天下。學無止盡，寫作方法也是千百種，因應主題性質、思考邏輯、資料殊異的差別，處理方式也要因題而異，巧妙變化，才能有效地解決問題。

　　所以，千萬別以為自己學好一套固定版本的寫作格式就夠了，要試圖從最初的仿造模擬，到駕馭後的融會貫通、運用自如，才算是真的「出師」。

　　即便你已摸索出一套最適合自己的寫作策略，也不要只會複製同樣的模式，要試著作一些新的努力與嘗試。不同的問題有不同的布局、寫法；不同的切入脈絡有不同的論述方式；不同的資料性質也會影響推理與證據的安排。

　　此外，隨著撰寫的現實需求，可能得視情況加入不同的元素，這些無法預期的變化，都會使每篇報告擁有自我的生命力和

論述脈絡。因此,不要讓自己滿足於某一種寫作模式,也不要讓自己習慣只會操作某一類課題,應該要在大學課堂中盡情嘗試各種方式的報告寫作,培養日後撰寫不同性質文書的能力,未來在工作職場中才能暢行無阻。

　　你可以想像若自己是個採訪記者,面對琳琅滿目的各種議題,你是不是需要擁有一枝多變的筆,才能順應不同題材寫出好的報導。好的研究報告也是如此,唯有持續鍛鍊這枝筆,才能以不變應萬變。

密技　精益求精,別讓自己限縮在某個特定框架,或慣用的固定模式。

10

老師不能說的祕密篇

10.1   一招斃命的抄襲問題

10.2   兩分鐘定讞的架構判別法

10.3   三秒定高下的參考文獻

10.4   作者見解的說服力

10.5   整體論述能力的總評

10.6   書寫格式是否專業

重要的不是知識的數量，而是知識的質量，有些人知道很多很多，卻不知道最有用的東西。

——托爾斯泰

　　本章要告訴大家，老師會怎樣批改報告，評分標準是什麼。每學期授課教師要面對少則十幾位，多則一、兩百位的學生，每個人的題目往往又是五花八門，老師究竟要如何來改這些報告呢？透過改作業的背後解碼，你會更知道如何來撰寫一份擄獲人心的優質報告。

10.1　一招斃命的抄襲問題

　　老師或助教批改學期報告，最痛苦也最討厭的事，莫過於發現學生抄襲。有經驗的教師只要稍微翻翻大綱、內文，便能簡單判斷學生是否抄襲、轉錄或剪貼來自別人的東西，一旦確認之後，馬上就可以給顆鴨蛋，不予計分。當然這不是件輕鬆的事，因為老師跟助教通常都很有佛心，若非再三查證，甚至附上評語與原文出處，否則不會輕易判定學生「死刑」。不管老師課堂上再怎麼叮嚀，每學期總會出現幾位不見棺材不掉淚的學生，浪費老師的時間，也浪費自己的生命。

　　事實上，收到這種報告，只會讓老師感到非常氣餒與無奈。所以，若是你真的抄襲，也被抓包了，請別只是自認倒楣，而是要「改過向善」，別再試圖考驗自己的運氣。

　　大學教育除了學問，也是人格養成的地方，抄襲問題之所以嚴重，不僅是剽竊別人的智慧成果，更是對他人的不尊重，涉及的問題不只法律，還有關人品與道德。有些同學可能會想，大學課程選擇繁多，有些老師的課可能就修這麼一次，就算被抓到抄

襲，反正以後也碰不到，沒什麼好丟臉。但是這種投機的想法，真的好嗎？別說你得拿成績對賭，還得賠上一學期的光陰，這場賭注真的划得來嗎？再者，現在檢查抄襲的工具發達，要判斷一份報告是否移花接木，或一字不漏地錄自他處，真的也不是件難事。

　　總而言之，報告還是出自自己的筆，相信自己的能力最好。即便創意再糟，文筆再爛，論點再模糊，只要出自你原汁原味的腦袋，就算分數不優，肯定還能得到差強人意的基本分數，自己也可累積寶貴的寫作經驗。然而若是心存僥倖，抄襲剪貼別人的文章，再補些自己的東西，一旦被抓到，一切歸零，何苦來哉呢？還不如一開始便本本分分照規矩寫。

10.2　兩分鐘定讞的架構判別法

　　批閱報告的第二個重點，便是審視報告的章節架構。報告成績的高下，主要取決於命題和章節設定，從其架構的安排，大致可看出文章的論述重點與研究方法。所以，有經驗的老師大概只需花一分鐘，最多不超過兩分鐘，就能從提綱直覺地判斷文章好壞。因此，你的題目、章節結構，已經占了大半的印象分數，影響不可小覷。

　　也許有些人會感到意外，老師不是應該要完全看過報告，才能給分數嗎？當然沒錯，我無意暗示說老師只看報告章節，而是想強調提綱設計的重要性。若是研究所的小班討論課，人數不多，老師通常會很仔細地批改每一份作業。然而，若是修課學生眾多，你很難要求老師用同樣認真細膩的態度去對待每一份報告。是以，有沒有內容的報告，可從基本架構的研擬一目了然，傳統地毯式的批改報告，自然而然會被有效率的簡單判別法所淘汰。

　　再者，以老師們曾有的求學和授課經驗，這種架構判別法的

　　錯誤率其實不大。同學有沒有下功夫，從提綱就可一覽無遺，其遣辭用字、取徑脈絡和論述安排，都是決定報告成功與否的關鍵因素。

　　因此，你一定要好好把握這關鍵的兩分鐘，充分在章節架構中凸顯報告最精華的部分。

10.3　三秒定高下的參考文獻

　　批閱報告第三招，則是檢查學生徵引的二手研究，亦即文章的參考資料為何。報告討論能不能精彩，取決於撰寫者究竟讀了什麼樣的資料，這些文本是否能引導你作更進一步的討論與思考。好的研究必定立基於許多前人的成果之上，很難自己閉門造車、無師自通，所以你蒐集、引用的資料，也決定了你的研究是否具有突破性與創造性。

　　本書 5.5 曾提及，寫報告要注意突出自己的論點，亦即要有原創性。這個原創性並非無中生有，而是在既有的條件下尋得生路，找出更逼近「真理」的可能途徑。換句話說，在浩瀚的資料世界，如何甄別參考價值較高的研究，也是判斷報告高下的關鍵之一。

　　目前常見的現象是，部分學生為便宜行事，通篇引用來自網路不具名或不知真假、好壞的資料，也不能分辨當中是否具有參考價值，胡亂統整之後，變成個人或多人的集合眾解，而非從問題出發的專業性報告。也許你會反駁，綜合性的報告是否就不具

價值呢？

其實並不會。學習都是階段性的推進，大學生確實要學著如何綜合多家意見後，再逐一分析、辨別的才能，也就是要具備駕馭既有資訊的能力。這項技能將可幫助你面對未來資訊更龐雜爆炸的時代。因此，就大學生而言，綜合性報告並非就沒有價值，但前提是，你花力氣蒐集和辨識的資料，是否真值得費工夫？若你將時間都花在沒有太多價值的資料上，綜合工夫再專精也是枉然。至於如何找到參考價值高的資料，可參閱第四章的相關章節。

若已是研究所的學生，那麼要建議你得百尺竿頭更進一步，別只滿足於綜合他人的二手研究，還要從中找出突破點，作更深入的原創研究。平常若能養成批判性的閱讀習慣，將來在書寫學位論文的研究回顧，或是評論式的分析報告都將幫助甚大。

10.4　作者見解的說服力

　　老師第四個會注意的地方，是報告的創見與發現。作者見解是整篇報告最重要的精神，也是擬寫提綱時就得念茲在茲的核心要旨。也許同學會覺得奇怪，如此重要的東西，為什麼不是報告分數的首要判斷？

　　它之所以不會是第一要件，在於大學的報告寫作，意在培養學生論理分析的能力，見解與創意誠然重要，卻難一步登天，若過於強求，恐會揠苗助長，得不償失，倒不如讓學生務實對待眼前的每一份作業。從找題、蒐集、閱讀，到撰寫、分析、引用和註釋，這些步驟若是踏實演練，便能提升學生論點獨特性與論理說服力。是以，評改報告不會將撰寫者的創見視為單一決定性要素，原因便在於此。

　　然而這並不意味作者的意見可有可無，相反地，它仍是報告的中心主幹，若能提出充分且具說服力的見解，肯定有機會獲得高分。只是務必記得，切莫強詞奪理、無中生有，應要閱讀評估既有資料後，找出一個可能的論述主軸，搭配其他相關的證據，

再從這個發現去凝結成有效的說法。

在大學階段的研究報告，撰寫者意見可以分為好幾個層次，能做到什麼樣的境界因人而異，需要勉力而為，但毋須過於勉強，即便只能提出一般性的綜合述評，做得精彩也是很有價值。重點應該放在透過寫作報告的練習，磨鍊自己批判性閱讀、蒐集資料、尋找題目等等的研究潛能。這些基礎訓練對於未來甄別臧否、分析論理都將有莫大的助益。

簡單來說，撰寫研究報告的初學者，可以沒有自我獨特的創見，但一定要有自己的看法，絕對不能當牆頭草兩邊倒，要在眾多的既有研究中，找出自己信服的對象，並進一步衡量為何此說較具說服力。如同本書在撰寫提綱時所提醒的「突出自己的論點」，報告寫作重在從客觀調查中凝鍊出自我想法，因此，要避免人云亦云，勇於展現自己的主見。

10.5 整體論述能力的總評

　　批閱報告的第五招，是有關報告整體論述能力的總評。研究型報告講究論證與推理手法的說服力，諸如引用證據是否到位、解讀資料是否細膩、提出的問題與解決途徑是否能巧妙呼應等等，都是決定報告價值的所在。

　　文章要言之成理，關鍵在於證據力道的有無，這也將影響推論的可信度。有些時候我們找不到堅實有力的證據，只能依靠次要的輔證，步步為營、逐步推演，並透過相關研究的支撐，構築出一個足以說服人的論斷。

　　就好比是偵探小說中的推理過程，仔細考察案發現場的蛛絲馬跡，再將種種零碎的線索歸納綜合，重新構組成一套說法，還原可能的發生經過。好的論理式報告，就像是一場完美的破案過程，在零星細微的線索中重建事發現場。

　　夾敘夾議的論證要寫得精彩，心思一定要細膩、縝密，所有的訊息以及任何的可能性都要納入考慮，藉由層層的抽絲剝繭，逐一篩選，羅列出可能的線索，再經嚴密的檢驗、推陳，得出最

後的答案。

　　要條理分明地建立推論過程，不僅考驗思考能力的細密度，更要輔以行文表述的能力，才能順利呈現繁瑣細微的線索，並完整交代邏輯推理的詳細經過。

　　此外，證據也有分力道的強弱，必須有層次地設計擺放，才能彰顯其特殊或更有效的結合與張力，讓讀者為之信服。換句話說，文章說服力的有無，除了書寫的清晰表達外，還要找到可以支撐論點的佐證，結合見解的獨到析陳，讓通篇文章可以自圓其說，完整收束報告的中心思想。

10.6　書寫格式是否專業

　　最後一個讓老師注意的點，是有關報告的書寫格式。如同前面所言，研究報告需遵循一定的寫作格式，符合基本的學術規範，例如註釋、徵引文獻都得依照固定模式進行，從這些小細節不難發現撰寫者的用心與否。

　　所以學生若依循一定的論文格式書寫，徵引文獻時也能符合學術規範，必能有效提升報告整體的專業形象，也能強化文章論證的縝密性。報告格式也是從外貌最能一目了然的地方，往往是獲得老師印象分數的關鍵。

　　另外，還有一些小細節也會影響老師批改時的觀感印象，像是文字錯落、語意不通、文辭重複等等，理應不該在校對完稿後出現的紕漏，不僅妨礙閱讀也降低文章的整體評價。

　　又比如圖文並茂的插圖設計，用得不好也會得不償失，流於輕率而失去專業形象。版面安排也應該注重學術常規，莫以華而不實的表面工夫權充實質內涵，正經嚴肅而不失創意的結合最為理想。

　　總之，撰寫報告時請念念不忘：這是一份講求內容結構均衡，又具有論點說服力，以及完整寫作格式的文章，要結合此三大要素，才能成為完美又精彩的學術報告。

11

克服寫作障礙的加油篇

11.1　你一定可以做得到

11.2　照表操課的安心感

11.3　一個步驟一個步驟前進

11.4　拋機棄友地埋頭苦幹

11.5　不恥下問的小路捷徑

寫書跟養兒子不一樣，卻和建造金字塔一般，需要預先擬定計畫，然後花費腦力、時間和汗水，將石頭一塊一塊推砌上去。

——樓福拜

　　關於報告寫作我們已經談了很多，但還有一個重點不能不提，那就是該如何克服寫作的障礙。很多人對於寫作總有美好的錯誤幻想，以為只要靈感來了便會文思泉湧，手上的筆停都停不下來。然而，真的是這樣嗎？你覺得作家當真可以靠這種僥倖的運氣過活？絕大多數人恐怕得仰賴其他更紀律的層面來維持創作。專職作家已是如此，更何況凡夫俗子的我們呢？撰寫報告肯定也需要一些心理層面的加油打氣！

11.1 你一定可以做得到

　　讀完前面幾章研究報告的詳細操作法，你會不會感到害怕，心中浮現一個大問號，懷疑自己真的做得到嗎？

　　我想這種寫作恐慌多多少少會出現，特別是初學乍到的新手和求好心切的完美主義者，每每遇到要交報告，便痛不欲生。初學者大抵還不熟悉這些進行程序，總有一股無所適從的徬徨感；追求完美主義的人則是要求過高，反而讓自己陷入莫名的絕境。其他人對於報告寫作，通常也談不上喜歡，只是能抑下排斥心態，勉強湊出一篇上得了檯面的文章了事。

　　不喜歡撰寫這種嚴肅、繁瑣的報告課題，約末是許多大學過來人共同的心路歷程。既然如此，得先去思考為何寫份報告，會讓人退避三舍呢？

　　我想最大的原因，可能是眼前的目標設定錯了。

　　寫出一份好的報告固然吸引人，也理應要朝此方向邁進，但是，我們更要認清事實，現在的你究竟處在哪個階段、又可以寫到什麼樣的水平、對修課主題的認識程度等，都會影響你最後可

能到達的境界。因此不妨先別好高騖遠，將寫出完美報告的理想丟置一邊，一次只設定一個目標，然後朝著這個可能達成的境地務實前進。

若將目標訂得太高，反而讓人備感壓力，寸步難行，那還不如一開始就設定一個你努力就有可能達到的有限目標。只要每次都能順利達陣，累積信心與經驗，往後想要寫出一份完美的報告相對不難。

此外，先靜下心分析自己當前的障礙是什麼？源自不同障礙因素的人，需要採用不同的解決策略。

如果你是學術新鮮人，對於研究報告一無所知，那麼找本好的教本，仔細觀摩學習該怎樣進行，依樣畫葫蘆，嘗試建立一個有模有樣的表象即可，先完整草演過一次，下回再增加新的設定與挑戰。

如果你是完美主義者，滿心只想寫出令人驚豔、讚不絕口的報告，那麼在此建議你，不妨提早動筆，深思熟慮地進行每個步驟，並且預留充分修改校對的時間。若有機會也要央請師長友朋賜教、指正，透過修訂的工夫來逼近完美。

當然，如果你礙於理想太高而躊躇不前，更不妨稍微調降自己的要求，一次只需達到一個完美目標，試著讓自己能依序前進，安靜心緒來書寫報告。

　　最後，如果你覺得自己是個無所謂的人，卻還是無法克服寫作恐懼，那不妨先給自己心理建設，催眠自己一定做得到、一定做得到，再透過有紀律地按進度表執行各階段的任務，相信你必定有辦法如期完成一份報告。

　　總之，要對自己有信心，寫作只是一種學習過程，你功夫下得愈多收穫會愈豐富。如果你只是無緣由地排拒它，肯定無法將它馴服，不如轉個念頭，將每篇報告視為一場知識的淬練與再現，享受當中的所有思辨歷程。

11.2 照表操課的安心感

　　當內心有些抗拒，不願意去想報告這件事時，那麼你首先要作的事情是趕緊打開行事曆，儘速安排撰寫報告的工作進度表，督促自己按表操課。臺灣教育向來有填鴨式教學的反面封號，長期扼殺學生自主學習的慾望與自行探索知識的好奇心，一旦進入自由開放的大學階段，沒有自律能力的人很容易迷失方向，忘卻自己應盡的本分。

　　古人說：「人不風流枉少年」。想當年我從中部的僻壤小鎮來到臺北的花花世界，大學課程雖然新奇有趣，往往也敵不過許多外在的引誘。經常一晃眼學期末就到了，歷史系又特別喜歡讓學生寫報告，一學期三、四份報告是家常便飯。期末考前一個月，不僅得挑燈夜戰，腦海裡還有四、五個報告題目來回串場，慘痛的經驗至今仍歷歷在目。這也讓我深刻體悟，為避免到最後關頭才草率匆忙地下筆，在學期一開始就該規劃好工作時程表，更有效地運用時間。

　　規劃報告的工作進度表，不但能提醒你有哪些步驟需要執

行，確切的時間壓力也會敦促你不能過於安逸，時間管理上也更注重效率。此外，它還有一個好處，那就是能讓工作類型相近的項目，放在同一個階段合併思考。

大學一學期都得修好幾門課，多數老師在學期初便會明白告知這門課的作業需求與繳交期限。若你能統整安排所有課程的寫作進度，將型態相近的事項合併處理，將有利於思考問題與資料蒐集。比方說找資料時可以一次蒐集不同報告的材料，不用想到什麼就得跑一趟圖書館，而能畢其功於一役，特別是緊急時刻，能綜合處理的步驟應該盡量集中。

再者，併整學期報告的工作程序還有一個優點，即可盡量拉近問題的關連性。在前面章節曾提過，寫學期報告最好別讓各門課分散獨立，最好是課題之間都有些許的關連，深化你對相關議題的了解，也減少每份作業都得從零開始的辛勞。

譬如這學期你修了歷史專業的中國中古社會史、隋唐史、西洋女性史、法國啟蒙運動與一門談西洋藝術賞析的通識課。如果這些課程都需要交期末報告，你可以怎樣自行建立捷徑呢？

是我的話，會設計成「唐代社會中的性別意識」、「唐代女性的身影」、「女性主義與啟蒙運動」、「啟蒙運動與女性沙龍文化」、「啟蒙運動時期的藝術家」。這五個題目並無重複，完全沒有一稿多交的嫌疑，也絕對符合老師課程的要求。再仔細觀

察這些課題是不是都很巧妙地串連起來，如同藤蔓緊緊地交纏，不管是時代或主題都不脫唐代、啟蒙運動時期和女性、性別之間的相關議題。如此一來蒐集資料便顯得事半功倍，閱讀二手研究能互相溝通，對於細節的討論也能彼此激盪，深化對議題的認識。

這種提升效率的主題關連法，應要盡量使用，無形中就能減少一些寫作壓力。而且這項技巧還有個絕佳妙點，可以協助你從不同的視角來看待問題，提出一些比別人更獨特深入的分析結果。

11.3　一個步驟一個步驟前進

　　讀完前面的章節，或許你會覺得寫份報告是件龐大工程，懷疑自己是否能夠完成？

　　如果有這方面的疑惑，先將這些繁瑣程序拋至腦後，只要記住一件事：請跟著你的工作進度表，一個步驟一個步驟地前進。按表操課會帶給你無與倫比的安心感，只要跟著你精心設計的工作表，必能如期完成一份報告。在這個前提下，我們再來思考如何將這個肯定成形的報告，修改得更好，寫得更精彩。

　　寫報告其實就像烹煮料理，有一定的手續，必須按照食譜指示的順序加入材料，並依照食譜上寫的份量調味，才能煮出一道有水準的佳餚。對於不會煮菜的新手而言，信心來源就是食譜那鉅細靡遺的操作流程，只要如法炮製，也能完成一道料理。撰寫報告亦是如此，依循著一定的程序，有計畫地前進，肯定能夠完成。

　　若你覺得自己還是心浮氣躁，無法冷靜做事，更別提要閱讀二手研究，那麼當前的問題可能不在於報告難易與否，而是來自

內心求好心切的盼望，已經無法忍受眼前不盡理想的進度。特別是正在寫學位論文的碩博士生，這種冷熱起伏的煎熬折磨，通常都得持續一段時間，期間最害怕的莫過於遇到老師、同學問起進度狀況。

網路上曾有一則推廣研究生禮貌運動的宣傳，當中一項便是請大家切勿隨便問研究生論文進度，因為這是冒犯且敏感的問題。由於每篇學位論文的背後總有一些外人無法探知的辛酸血淚，這樣的「禮貌運動」反映了大多數研究生的心聲。不過，不管是學期報告還是論文，有時若能主動跟同學聊天抱怨，互探一下敵情進度，反而可以刺激自己振作。

因此，當委靡不振時，你需要趕緊修正進度表的細項，思索如何提升作業效率，例如加強自己的工作紀律，嚴格執行每項要求，務必趕上截止期限。

報告寫作是件長時間勞心勞力的工作，必須跟著計畫表，維持自律的生活，若只是兩天打魚、三天曬網的輕浮態度，肯定很難捺下內心的煩躁。因為你自己也心知肚明，沒有充裕的時間從事寫作，絕對無法完成一篇好的報告。是以，開始進行前便需要規劃進度表，並依情況隨時調整，用嚴謹的態度追上進度，一個步驟一個步驟地前進。

11.4 拋機棄友地埋頭苦幹

　　造成工作停擺的另一個常見原因，是時間不斷被切割，零散的時間不利於寫作，時常熄火的報告便很難順「理」成「章」。若是處於這種情形，勸你盡快收心，停止一切外務，先將火力集中在手邊的報告。撰寫報告需要安靜的空間、充裕的時間，你一定要給自己建立這個環境，拒絕朋友的邀約，抵抗手機不斷傳來的叮咚聲，彷如與世隔絕的隱居生活，是寫出一篇好報告必要的條件。

　　無論你依照本書建議，很早就啟動撰寫報告的引擎，還是又拖到最後的臨時抱佛腳，寫作期間務必要減少外務干擾，讓自己能夠靜思沉潛於報告主題，醞釀出清晰的問題意識，用最高效率在短時間內消化所有的二手研究，並將這些成果融入自己的報告。

　　大學時每到期末考，總是希望自己能有三頭六臂，或像千手觀音的異能，才能白天又要上課又要到圖書館找資料，晚上還得邊打報告邊準備期末考試。那時最期盼的就是能有一兩天完全

不受他人打擾的安靜生活，好讓自己放下瑣事，專心整理資料與想法，梳理出撰述的脈絡。撰寫報告期間這類的思考反芻效果非凡，因為能集中心力，專心一致於某個課題，密集作業的效率也會比平常分散進行來得佳。

特別是進入初稿的寫作階段，要盡量撥出一段沉靜蘊思的時間，讓自己有較從容心情去跟問題、文筆磨合，這將是決定這份報告是否能順利生產的重要關鍵。

反觀，在問題的醞釀和蒐集、閱讀二手研究或之後的修潤校對等階段，都可以利用空檔或零碎時間完成，一旦正式進入實際寫作後，由於必須考慮到文字表述力，給自己一段較寬裕且寧靜的時空環境變得非常重要。尤其是在寫作之初，可能因為問題還沒想清楚，也可能因為文辭表達的反覆，一段拋機棄友、埋頭苦幹的閉關生活將有助於你找到突破點，順利進入寫作流程，充分享受到寫報告的箇中樂趣。

11.5 不恥下問的小路捷徑

相信很多人都曾有過寫作中斷的經驗，原因可能來自思緒觸礁、文筆不順、細節沒能想清楚、莫名的焦躁等多方面。首先，得弄清楚造成自己工作停頓的原因是什麼，才能對症下藥。

如果是原先設想的推論錯誤，那就得趕緊尋思其他解決的辦法，是否想法能轉個彎，或再去找相關研究來彌補。如果是文字障礙，那就試著忽略此問題，將所有想講的話寫下，不管語法對錯或通順與否，暫時讓思想接管一切，之後再來修潤刪補。如果覺得某些細節還不明朗，無法讓你順利寫下，不妨再去找些相關研究，協助你完成更細緻的報告。

寫作過程中最害怕遇到的，莫過於原先的想法窒礙難行，在前面階段發現還好解決，換個題目或切入點都有機會扭轉；若是拖到很後面才發覺，問題相對較大，也可能不是靠你一己之力有辦法克服。這個時候你可以求助於老師或助教，或其他學長姊，藉助他們的研究經驗與專業背景，提供你較好的解決辦法。千萬別一個人悶著頭苦幹，有時三個臭皮匠，勝過一個諸葛亮。

特別是當問題已超過你能掌握的程度時，請益於師長、同儕並不丟臉，他們的意見往往會成為及時雨，幫助你度過難關。大學生通常較為害羞，不敢輕易跟老師、助教交流，喪失直接學習的機會，非常可惜。

其實不論修課或寫報告，老師跟助教都是最有用的百科全書與參考工具書，一定要試著不恥下問，挖掘他們沒機會主動告訴你的研究精萃。這也是一條通向成功的小路捷徑，切勿錯失良機。

總而言之，很多人撰寫報告或論文遭遇到的最大問題，往往不在於寫作本身，而在於心理障礙，對自己沒有信心，懷疑自己是否能完成此事。其實每個人一開始都是如此，撰寫報告或論文本來就不是件容易的事，但是它並不難克服，因為完成研究報告有既定的流程，只要你能堅持下去，跟著這些步驟走，最後勢必能到達終點。

無論現階段的你遇到什麼寫作難關，一定要先搞清楚問題的癥結點在哪，才能對症下藥，不要讓短暫的停工變成無止盡的長期罷工。

撰寫報告雖然是份課程作業，但考驗的不只有專業學術，還包含更多知識管理、文思組合、時間管理等綜合性技巧，同時也能看出每個人自我管理與處世的態度。因此，好好把握每一次撰

寫研究報告的機會，認真對待，有耕耘就有收穫，寫好報告背後
所蘊藏的生命智慧保證讓你日後受用無窮。

參考書目

American Psychological *Association. Publication manual of the American Psychological Association(6th edition)*. Washington, DC : American Psychological Association, 2010.

Joseph Gibaldi, *MLA Handbook for Writers of Research Papers 7th ed,* New York : Modern Language Association of America, 2009.

University of Chicago Press Staff, *The Chicago Manual of Style (16th edition),* Chicago : University of Chicago Press, 2010.

American Psychological Association 編，陳玉鈴、王明傑翻譯，《美國心理學會出版手冊：論文寫作格式（修訂版）》，臺北：雙葉書廊，2014。

Kate L.Turabian, 蔡美慧翻譯，《芝加哥大學寫作手冊》，臺北：五南出版社，2008。

Ralph Berry 著，李美馨譯，《最新研究論文寫作指導》，臺北：韋伯文化國際出版，2003。

〔美〕貝弗莉・安・秦（Beverly Ann Chin）著，周凱南譯，《小

論文寫作 7 堂必修課》，北京：北京大學出版社，2009。

〔美〕邁克爾‧E. 查普曼（Michael E. Chapman）著，〔美〕桑凱麗譯，《人文與社會科學學術論文寫作指南》，北京：北京大學出版社，2012。

吳白弢（Pedor Pak-tao Ng），《通識寫作實用手冊》，香港：進一步多媒體、研習所有限公司聯合出版，2010。

周春塘，《撰寫論文的第一本書》，臺北：書泉出版社，2010。

林淑馨，《寫論文，其實不難：學術新鮮人必讀本》，高雄：巨流圖書，2013。

林慶彰，《學術論文寫作指引——文科適用》，臺北：萬卷樓圖書公司，1996。

美國現代語言協會編著，《MLA 論文寫作規範》（第七版），臺北：書林書版社，2010。

高光惠、楊果霖、蔡忠霖合著，《大學寫作進接課程：研究報告寫作指引》，臺北：三民書局，2007。

曹俊漢，《研究報告寫作手冊》，臺北：聯經出版事業公司，1978。

清大寫作中心‧劉承慧、王萬儀主編，《大學中文教程：學院報告寫作》，新竹：國立清華大學出版社，2010。

畢恆達，《教授為什麼沒告訴我——2010 全見版》，臺北：小

畢空間出版社，2010。

劉承慧、沈婉霖編著，《報告好好寫——科技報告寫作通用手冊》，新竹：國立清華大學出版社，2013。

蔡柏盈，《從字句到結構：學術論文寫作指引》，臺北：國立臺灣大學出版中心，2010。

蔡柏盈，《從段落到篇章：學術寫作析論技巧》，臺北：國立臺灣大學出版中心，2010。

蔡清田，《論文寫作的通關密碼：想畢業？讀這本》，臺北：高等教育出版社，2010。

顏志龍，《傻瓜也會寫論文：社會科學學位論文寫作指南》，臺北：五南圖書出版，2011。

國家圖書館出版品預行編目資料

如何寫好報告 / 王若葉著. -- 初版. -- 臺北市：商周, 城邦文化出
版：家庭傳媒城邦分公司發行, 2015.08
　　面；　　公分

ISBN　978-986-272-790-4（平裝）

1. 論文寫作法

811.4　　　　　　　　　　　　　　　　　　　　104005835

如何寫好報告

作　　　者／王若葉
責 任 編 輯／程鳳儀
版　　　權／翁靜如、林心紅
行 銷 業 務／莊晏青、何學文

總　經　理／彭之琬
發　行　人／何飛鵬
法 律 顧 問／台英國際商務法律事務所　羅明通律師
出　　　版／商周出版
　　　　　　城邦文化事業股份有限公司
　　　　　　台北市中山區民生東路二段141號9樓
　　　　　　電話：(02) 2500-7008　傳真：(02) 2500-7759
　　　　　　E-mail：bwp.service@cite.com.tw
發　　　行／英屬蓋曼群島商家庭傳媒股份有限公司　城邦分公司
　　　　　　台北市中山區民生東路二段141號2樓
　　　　　　書虫客服服務專線：(02)25007718‧(02)25007719
　　　　　　24小時傳真服務：(02)25001990‧(02)25001991
　　　　　　服務時間：週一至週五09:30-12:00‧13:30-17:00
　　　　　　郵撥帳號：19863813　戶名：書虫股份有限公司
　　　　　　讀者服務信箱E-mail：service@readingclub.com.tw
　　　　　　城邦讀書花園www.cite.com.tw
香港發行所／城邦（香港）出版集團有限公司
　　　　　　香港灣仔駱克道193號東超商業中心1樓
　　　　　　電話：(852) 25086231　傳真：(852) 25789337
　　　　　　E-mail：hkcite@biznetvigator.com
馬新發行所／城邦（馬新）出版集團【Cite (M) Sdn Bhd】
　　　　　　Cite (M) Sdn Bhd
　　　　　　41, Jalan Radin Anum, Bandar Baru Sri Petaling,
　　　　　　57000 Kuala Lumpur, Malaysia.
　　　　　　電話：(603)9057-8822　傳真：(603)9057-6622　Email：cite@cite.com.my

封 面 設 計／徐璽工作室
電 腦 排 版／唯翔工作室
印　　　刷／韋懋實業有限公司
總　經　銷／高見文化行銷股份有限公司　　電話：(02)2668-9005　　傳真：(02)2668-9790
　　　　　　客服專線：0800-055-365

■ 2015年08月27日初版　　　　　　　　　　　　　　　　　　Printed in Taiwan
■ 2022年03月10日初版3.1刷

定價／320元

城邦讀書花園
www.cite.com.tw